소소한 일상,
사소한 이야기

# 소소한 일상, 사소한 이야기


발행일 2020년 2월 7일

지은이 황석현
펴낸이 손형국
펴낸곳 (주)북랩
편집인 선일영
편집 강대건, 최예은, 최승헌, 김경무, 이예지
디자인 이현수, 한수희, 김민하, 김윤주, 허지혜
제작 박기성, 황동현, 구성우, 장홍석
마케팅 김회란, 박진관, 조하라, 장은별
출판등록 2004. 12. 1(제2012-000051호)
주소 서울특별시 금천구 가산디지털 1로 168, 우림라이온스밸리 B동 B113~114호, C동 B101호
홈페이지 www.book.co.kr
전화번호 (02)2026-5777
팩스 (02)2026-5747

ISBN 979-11-6539-072-3 03810 (종이책)
979-11-6539-073-0 05810 (전자책)





이 도서의 국립중앙도서관 출판예정도서목록(CIP)은 서지정보유통지원시스템 홈페이지(http://seoji.nl.go.kr)와 국가자료공동목록시스템(http://www.nl.go.kr/kolisnet)에서 이용하실 수 있습니다.
(CIP제어번호: CIP2020005328)

# 소소한 일상, 사소한 이야기

황석현 에세이

작지만 충분히 사랑스러운
우리들의 보통날

북랩 book Lab

## 나와 내 주변에서 일어나는
## 소소한 일상 속의 사소한 이야기

조금만 시간이 지나도 기억에서 사라져 버릴 만한 어느 하루와 다르지 않을 일상 이야기를 소재로 글을 써 보기로 했다.

매일 일기처럼 쓸 수는 없겠지만 가끔이라도 일상에 대해 기록해 놓고 싶었다. 지금 보내고 있는, 어쩌면 다음엔

겪어 보지 못할 행복한 기억들을 글을 보며 회상할 수 있을 것 같았기 때문이다.

평범한 나날을 사랑한다. 특별한 사람이 되거나 특별한 경험을 위해 노력하기보다 주변의 사람들과 어제와 다르지 않은 오늘을 보내는 것이 행복하다.

가까이 있는 소중한 사람들과 세상을 살아가며 틈틈이 적어 왔던 이야기들을 이 자리를 빌려 꺼내 본다. 이 글

을 통해 독자분들이 어쩌면 지나칠 법한 자기 주변의 일상에 대해 관심을 가지게 되는 계기가 되었으면 좋겠다.

오늘도 사랑해 마지않는

소소한 일상을 보내며

황석현

목차

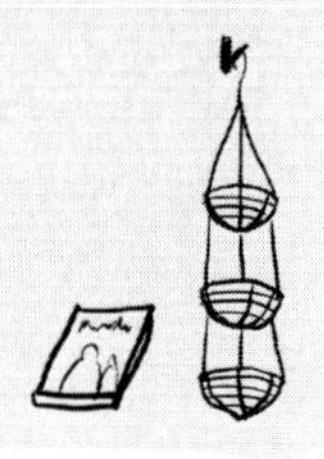

## Part 2. 나와 내 주변의 사소한 이야기

Part 1

# 세상을 살아가는 소소한 일상 이야기

# 처세술 양념 버무린 부침가루 같은 세상

문화체육관광부 《위클리 공감》 491호 '감(感) 칼럼' 게재 글(2019.2.18.)

장모님께서 전화를 주셨다. 점심때 우리 집에서 드신 김치부침개 만드는 방법이 궁금하다는 내용이었다. 부침개 맛이 저녁에도 생각나서 부침가루를 넣고 만들었는데 그 맛이 나지 않는다고 하셨다.

내가 무엇을 넣었기에 장모님이 부침개가 맛있다고 하셨을까? 곰곰이 생각해 보니 부침가루가 떨어져서 밀가루를 넣은 것이 떠올랐다.

장모님이 느꼈던 고소한 부침개 맛의 비법은 밀가루였다. 장모님은 인위적인 양념들이 배제된 순수 밀가루에서 맛본 고소함을 떠올리셨던 것이었다.

요즘엔 부침가루가 다양하고 간편하게 잘 나온다. 간을 맞출 필요도 없이 물을 부어 반죽을 만들어서 굽기만 하면 된다. 쉽고 맛있긴 하지만 밀가루 본연의 고소함이 줄어 뭔가 아쉬운 느낌이 든다.

우리 사회의 모습도 이와 같다. 경쟁사회에서 같은 내용의 교육을 받고 같은 길을 목표로 나아가는 젊은이들을 보면 부침가루 같다는 생각이 든다. 취업을 위해 각종 대외 활동, 대회 수상 등 남들보다 화려한 경력을 쌓으려 노력하지만 정작 자신의 개성을 다듬고 드러내는 이는 드물다. 공무원 시험 응시생이 40만 명이 넘어간다고 하니 이런 현실 속에서는 개인의 특별한 맛은 사라지고 모두가 같은 맛을 낼 수밖에 없을 것이다.

취업을 한다 해도 상황은 나아지지 않는다. 아직까지 우리 사회의 조직에서는 개성을 드러내 남들보다 튀는 행동을 하면 좋지 않게 보는 사람들이 많다. 세상이 바뀌어서 조직의 분위기가 자유로워졌다고는 하지만 개인의 개성을 드러내기란 쉽지 않은 일이다.

이런 상황 속에서 젊은이들에게 처세술이란 양념이 더해지는 건 어쩔 수 없다고 생각한다. 젊은 신입 사원이 사회생활을 잘 버티기 위해서는 자신의 개성과 소신을 숨기고 조용히 지낼 수밖에 없다. 그러다 보니 밀 본연의 맛이 옅어진 부침가루처럼 사회에서 요구되는 덕목들이 가미되며 젊은 직원들의 개성이 옅어지고 있다.

예전에 인터넷에서 본 기사가 기억이 난다. 국제 학업 성취도 평가에서 우리나라 학생들의 학업 성취도는 최상위지만 흥미도는 바닥 수준의 결과가 나왔다는 내용이었다. 우리 학생들이 정형화된 문제에는 강하지만 변형된 응용문제에는 약한 모습을 보여 주는 것도 여기에서 기인한다고 할 수 있다.

2018년 수능이 '불수능'으로 난이도가 높다고 평가된 후 유튜브에 외국인들이 직접 외국어 영역의 문제를 푸는 영상이 올라왔다. 영어가 모국어인 그들조차 이런 문제가 다 있냐며 혀를 내두르는 영상을 보면서 우리 아이들이 옳은 교육을 받고 있는지, 아이들이 자신만의 다양성을 살릴 수 있을지 걱정이 되었다.

시간이 흘러 언젠가는 개인의 개성이 존중받는 날이 올 것이다. 그런 날이 온다면 젊은이들도 똑같은 길만을 바라보며 달려가진 않을 것이다. 개인이 인생의 갈림길에서 다양한 길을 선택할 수 있는 사회적 기반이 마련될 때, 사회의 다양성은 확보될 것이다. 여기서 파생되는 사회 구성원의 다채로움은 우리 사회를 발전시켜 나가는 원동력이 될 것이라 믿는다.

개인의 다양성이 존중받는 사회를 기대한다. 장모님이 밀 본연의 고소한 맛이 느껴지는 부침개에서 깊은 인상을 받으셨듯, 이 세상 속에서 나만의 개성을 드러내 누군가에게 인상 깊은 사람이 되고 싶다는 소망을 가져 본다.

# 전기와 인간관계의 안전

《에너지타임즈》 제5회 에너지사랑 문예공모전 수필 부문 수상작

우리는 단 하루도 전기 없이 살 수 없을 정도로 전기의 혜택을 누리며 살고 있다. 이러한 전기를 사용하는 데 있어 가장 중요한 것 중 하나가 안전을 지키는 것이다. '전기안전', 간단한 것 같으면서도 어려운 단어이다. 조금만 주의를 기울이면 쉽게 지킬 수 있지만 익숙함에 젖어 잊고 지내다 보면 큰 사고를 야기할 수 있다.

내가 맡은 일 중 하나는 국민들에게 전기안전의 중요성

을 전달하는 것이다. 전기안전 홍보물을 만드는 데 있어 '전기'라는 단어 하나만 놓고 보면 활용할 소재가 다양하지만 '전기안전'에 국한하면 소재가 상당히 제한된다. 이미 써먹은 소재를 갖고 어떻게 전기안전에 대한 이야기를 재미있게 풀어나가야 할지 매번 고민이 된다.

대국민 전기안전 홍보물을 만들다 보면 자주 등장하는 것이 있다. 바로 콘센트와 플러그이다. 콘센트와 플러그는 우리가 전기를 사용하게 해주는 통로 역할의 장치이다. 텔레비전, 냉장고, 세탁기 등 우리 생활에 필요한 모든 가전제품들은 콘센트와 플러그의 연결을 통해 전기를 공급받는다.

콘센트와 플러그의 관계를 보고 있으면 인간관계에 대해 생각해 보게 된다. 우리는 사람들과의 접촉을 통해 인연을 맺는다. 온전한 콘센트와 플러그가 연결되면 원활히 전기가 공급되듯 배려와 이해를 갖고 사람을 대하면 원활히 인간관계를 맺을 수 있다.

접지 단자가 없는 오래된 콘센트나 피복이 벗겨진 플러

그같이 온전치 못한 콘센트와 플러그가 연결되면 누전으로 감전 사고가 발생할 수 있다. 사람들 사이의 관계 또한 어느 한쪽의 성격이 모나거나 비뚤어져 있어 상호 간의 배려와 이해를 이끌어 내기 어렵다면 원활한 관계를 맺지 못하고 서로에게 상처를 줄 수 있다.

우리는 자신이 온전한 콘센트, 플러그인지 스스로 확인해 보는 시간을 가져야 한다. 아니라고 생각할 수 있지만 실제로 인간관계가 틀어지는 원인이 자신에게 있는 경우도 있기 때문이다. 원활한 관계를 맺기가 어렵다면 자신을 돌이켜보고 피복이 벗겨진 플러그에 절연테이프를 감듯 본인에게 드러난 약점을 보수해야 한다.

전기안전 요령으로 자주 강조되는 것 중 하나가 콘센트를 비워 놓는 것이다. 불필요한 가전제품의 플러그를 멀티탭과 콘센트에서 뽑아 과부하로 인한 전기사고를 미연에 방지하자는 내용이다. 콘센트에 가득 채워진 플러그를 비움으로써 안전이란 새로운 가치를 얻는 것처럼 인간관계 또한 비움으로써 얻어지는 것들이 있다.

직장생활을 하며 여러 사업을 진행하다 보니 스쳐 가는 사람이 많다. 오고가는 사람만큼이나 주고받은 명함도 많다. 그러다 보니 핸드폰 속의 연락처도 틈이 없어 건너편이 보이지 않는 대나무 숲의 대나무들처럼 빼곡하다. 책장의 명함집은 배불뚝이 포식자처럼 불룩 튀어나와 더 이상 명함을 받을 수 없다 하고 오갈 곳을 잃은 명함들은 잡초처럼 책상 위에 무성의하게 꽂혀 있다.

핸드폰에 저장된 연락처를 열어 본다. 이름과 기억 속에 있는 얼굴들을 매칭시켜 본다. 이내 얼굴이 떠오르지 않는 이들이 있다는 사실에 놀란다. 핸드폰에 저장만 하고 실제로 연락을 해 보지 않은 이들도 있는 것이다.

연락처 리스트의 스크롤을 내려 본다. 한참 동안 내려도 끝이 나지 않는다. 이렇게 많은 사람 중에 연락을 하고 지내는 사람은 몇이나 될까? 아마도 손에 꼽을 정도일 것이다. 쓰지 않는 가전제품의 플러그를 뽑아내듯 연락처들을 지워 본다. 데이터의 무게는 없지만 왠지 모르게 핸드폰이 가벼워진 것 같은 느낌이 든다.

전원을 끈 상태에서 전기제품이 소비하는 전력을 '대기 전력'이라 한다. 가전제품을 쓰지 않더라도 콘센트에 꼽아 두는 것만으로도 에너지가 소비되는 것이다. 연락이 두절된 이들과 관계를 맺고 있는 것만으로도 알게 모르게 나 자신의 에너지가 소비됐을 것이다. 이제는 연락하지 않는 의미 없는 관계를 정리함으로써 내 몸에 소비되고 있던 대기전력을 없애고 인간관계를 가볍게 가질 수 있을 것이다.

똬리를 틀고 있는 뱀처럼 자리를 잡고 있던 플러그들을 뽑아냈으면 그 자리를 콘센트 안전 커버를 씌워 습기나 먼지로부터 보호해 주어야 한다. 안전 커버는 콘센트를 외부 접촉으로부터 단절시켜 안전을 확보한다.

사람들과의 관계 속에서 상처를 입고 지치는 경우가 있다. 모든 사람들과 친구가 될 수는 없다. 성향이 다른 누군가와는 등을 져야 하는 상황이 올 수도 있고 배려 없는 상대방의 행동에 일방적으로 상처를 입을 수도 있다.

인간관계가 힘들어질 땐 스스로에게 안전 커버를 씌워

외부로부터 잠시 단절되는 것도 좋다. 예전에 군에서 본부 중대장과 인사 장교를 겸직하며 끊임없는 야근으로 일에 지쳐 간 적이 있다. 소속 부대가 다소 엄격하여 징계위원회를 자주 개최하다 보니 사람들에게도 지쳐 갔다.

전역할 때 즈음엔 이미 몸과 마음이 지칠 대로 지친 상태였다. 전역하고 한 달도 채 되지 않아 호주와 뉴질랜드로 떠나 1년 3개월을 거주했었다. 해외로 장기 출국하며 휴대폰을 해지했다. 사람들과의 연결고리를 끊고 안전 커버를 씌워 버린 것이다.

스스로 안전 커버를 씌우고 관계를 잘라내 버렸다. 알고 지내던 이들과의 관계가 정전이 된 것처럼 한순간에 끊겨 버렸다. 처음엔 아쉽기도 했지만 단절의 시간 동안 인간관계에서 자유로워지니 새로운 활력이 생겼다. 한국에 돌아와 새로운 관계를 맺는 데에도 그때의 시간이 도움이 되었던 것 같다.

자신이 너무 많은 관계에 치여 질려 버린 것 같다면 단 며칠이라도 외부와의 연락을 끊고 지내 보는 것도 좋을 것이다. 치열하게 살아 온 자신에게 주는 잠깐의 휴식은 인간관계를 유지하는 데 큰 도움이 될 것이다.

국민들에게 필요한 전기안전 요령을 추려 보고자 전기재해 통계를 이따금 찾아본다. 국민의 생활과 밀접한 전기제품 화재 현황들을 보면 과부하, 접촉 불량, 압착 손상 등의 여러 요인들이 있지만 가장 많은 부분을 차지하는 건 '절연열화', 즉 노후화이다.

가전제품에는 권장 사용 기간이 있다. 세탁기, 냉장고 등 제품과 제조사별로 차이가 있지만 대개 5년에서 7년 사이이다. 제품에 붙어 있는 제품 사양 스티커에 권장 사용 기간이 명시되어 있다. 권장 사용 기간이 지난 제품은 서비스 센터에 이상이 있는지 점검을 받아야 하지만 이를 지키지 않고 계속 사용하다 화재로 이어지는 경우가 많다.

우리도 오랜 시간을 같이 보낸 주변인들을 너무나 당연하게 스스럼없이 대하고 있지는 않은지 생각해 봐야 한다. 오랜 시간 편하게 대했지만 그렇기에 서로에게 말 못하고 쌓여 있는 감정이 많을 수도 있다. 그러한 감정이 쌓이고 쌓여서 폭발한다면 돌이킬 수 없는 결과를 초래할 것이다. 아마도 그들은 다시는 보지 못할 사람이 될 수도 있다. 그런 상황을 겪지 않기 위해서라도 오래된 지인들을 소중히 대하고 있는지 관계도 다시 점검해 보며 인간관계에 이상이 없는지 확인하여야 할 것이다.

인간관계나 전기안전이나 예방이 가장 중요하다. 지금까지 그렇듯 앞으로도 별일이 없을 것이라는 안전불감증과 함께 예방을 소홀히 여기면 언젠가 큰 화를 입을 것이다. 지금이라도 인간관계와 주변의 전기설비에 대해 안전점검을 해 보자. 원활한 인간관계와 전기안전이라는 두 마리 토끼를 모두 잡을 수 있을 것이다.

# 고소한 어묵 파치와 달콤한 못난이 사과

《풍경문학》 2019년 가을 호 게재 글

할머니 댁 근처에는 작은 어묵 공장이 있었다. 그곳을 지나가다 보면 생선 반죽을 튀기는 자극적이고 고소한 냄새가 행인들을 유혹한다. 원래의 목적지로 가려던 발걸음은 그 향기에 현혹되어 방향을 잃어버리고 무의식적으로 어묵 공장으로 향한다. 새어 나오는 향기를 잔뜩 머금으면 입속 가득 침이 고인다. 침샘을 부여잡아 보지만 이미 통제를 벗어난 몸은 주체하지 못하고 침을 밖으로 배출한다. 부끄러운 모습을 누가 볼까 싶어 황급히 발걸음을 돌리니 괜스레 배가 고파진다.

어린 시절 할머니는 손자가 놀러 올 때마다 어묵탕을 끓여 주시곤 했다. 이웃집 아주머니들이 놀러 오는 것도 아닌데 동네잔치를 벌여도 될 만큼 한 솥 끓이셨다. 아마도 먹성 좋은 손자가 배불리 먹고 가길 바라는 마음에 넘치는 애정을 더하다 보니 그렇게 됐을 것이다.

할머니표 어묵탕은 각 잡힌 모양의 어묵이 담겨 있는 음식점에서 볼 법한 요리와는 다르다. 어묵의 두께도 모양도 제각각인 투박한 느낌의 요리다. 음식점의 어묵탕이 프로 가수들의 가요무대라면 할머니의 어묵탕은 아마추어들이 나오는 전국노래자랑 같다. 그렇게 느껴진 것은 어묵 파치 때문일 것이다. '파치'는 깨어지거나 흠이 나서 못쓰게 된 물건을 지칭하는 말이다. 어묵 파치는 제품을 찍어내고 끝에 남은 자투리 어묵이나 잘못 만들어진 어묵들이 해당된다.

어묵 파치는 모양이 참 제각각이다. 같은 공장 출신으

로 보이지 않을 만큼 개성을 자랑한다. 호리호리한 몸매를 자랑하는 어묵, 인심 좋은 사장처럼 넉넉한 두께를 자랑하는 어묵, 예술작품처럼 특이한 모양을 자랑하는 어묵 등 먹는 재미만큼이나 보는 재미도 있다.

어묵 파치는 반듯한 모양의 시판 어묵보다 모양은 예쁘지 않지만 맛에는 차이가 없다. 하지만 외모에서 낙제점을 받아 버린 파치들에겐 시중에 자신을 뽐낼 기회가 주어지지 않는다. 그저 이름도 없는 큰 봉투에 다른 파치들과 뒤엉켜 팔려 나가기만을 기다려야 할 뿐이다.

할머니 심부름으로 천 원짜리 한 장을 들고 가면 어묵 공장 아주머니들은 검정 비닐 가득히 파치를 담아 주셨다. 그 당시 어린이였던 나에겐 파치의 모양보다는 맛있는 어묵탕을 먹을 수 있다는 사실이 중요했다. 아주머니들의 인심이 가득 담긴 어묵 파치 봉지를 들고 돌아가는 길은 세상을 다 얻은 것처럼 행복했다.

성인이 된 후 할머니께서 만들어 주셨던 어묵탕 맛이 그리워 가끔 해 먹을 때가 있다. 집 근처 마트에는 파치를 팔지 않아 일반 어묵으로 요리를 해 먹는데 그러면 그때의 맛이 나질 않는다. 아마도 시판 중인 네모반듯한 어묵에서는 파치에서 접했던 개성을 느끼지 못해 그럴 것이다.

요즘은 어떤 과일이나 야채를 사도 모양이 반듯하고 예쁘다. 명절 선물을 사려고 마트에서 진열된 과일들을 보다가 화려한 포장지를 입은 동그란 사과와 눈이 마주친다. 어느 사과를 보아도 모양이 찰흙으로 빚은 작품처럼 참 곱다. 어떻게 이렇게 예쁜 사과만 키워 낼 수 있는지 궁금할 따름이다.

하지만 그 이면에는 파치들의 비애가 숨겨져 있을 것이다. 농장이 많은 곳을 지나가다 보면 상품 기준을 충족시키지 못하는 못난이 과일들을 싸게 파는 것을 볼 수 있다. 못난이 사과들도 모양이야 어떻든 똑같이 비바람을 맞으며 고생했을 것이다. 하지만 아름답지 못하다는 이유만으로 포장 박스에 담기지 못하고 바구니에 담겨 떨이로 팔리는 운명을 맞이한다. 고생고생하며 자라난 결과가 이렇다니 대성통곡할 일이다.

파치가 겪는 불합리한 일들은 우리 사회에서도 찾아볼 수 있다. 흔히 사람의 첫인상이 중요하다고 말한다. 사람을 처음 볼 때 외모에서 호감 여부를 판단하는 것이다. '외모지상주의'라는 말이 있듯이 외형에서 낙제점을 받으면 이후의 이미지를 쌓기가 상당히 힘들어진다.

신은 인간이 세상이 나오기 전에 외모의 선택권을 주지 않는다. 운명의 순리에 따라 얻어져 나온 것이 자신의 외모이다. 물론 자기관리를 어떻게 하느냐에 따라 외형은 어느 정도 바뀔 수 있고 성형수술을 통해 전혀 다른 사람으로 거듭날 수도 있다. 하지만 성형수술의 경우에는 살을 째고 뼈를 깎는 환골탈태의 과정을 거쳐야 한다. 심지어 잘못됐을 경우 평생 합병증을 안고 살아갈 수도 있다.

우리 사회에서는 피나는 노력으로 자기관리를 하든 고통을 감수하며 수술을 받든, 과정은 중요치 않게 생각한다. 단지 지금 본인의 모습이 예쁜 사과인지 못난이 사과인지 결과가 중요하게 여겨진다.

얼마 전 신문 기사에서 2030 직장인 2,361명을 대상으로 '외모도 경쟁력이라고 생각하는가?'라는 설문조사를 진행했다는 내용을 본 적이 있다. 90%의 인원이 '외모도 경쟁력'이라 답변하였고 5명 중 3명꼴로 '사회생활 중 외모로 인한 차별을 경험했다'고 응답하였다.

인문학 강의를 듣거나 책을 읽다 보면 내면의 가치가 중요하다는 이야기를 접할 수 있다. 하지만 지식인들의 이야기와는 다르게 현실에서는 아직도 외형적인 가치를 우선으로 생각하고 있다는 것을 설문조사 결과로 알 수 있다.

암담한 현실이지만 그나마 다행인 것은 사회에서 외모지상주의 기조를 개선하려는 움직임이 조금씩 보인다는 것이다. 한 가지 예로 몸매가 좋은 모델만의 고유 영역이었던 의류 광고에 평범한 체형을 가진 모델들도 출연하는 것을 들 수 있다.

예전에는 상상도 할 수 없는 일이었다. 의류 광고는 나와는 다른 세상에 살고 있는 비현실적인 모델들의 무대였다. 실용성보다는 그들의 체형에 달라붙는 선에서 오는 아름다움이 강조됐다. 하지만 이제는 따라 할 수 없는 아름다움보다는 일반인 체형의 모델들에서 느껴지는 실용성이 강조되고 있다. 오히려 그 점이 부각되어 더 잘 팔리기도 한다.

최근엔 기업에서 신입 사원을 채용할 때 블라인드 채용을 한다고 한다. 블라인드 채용이란 말 그대로 업무에 관계없는 사항인 '사진(외모), 학력, 성별, 가족사항' 등을 가리고 그 사람의 자질에 대해서만 평가하는 방법이다. 물론 서류 전형에만 해당되는 것이고 면접에선 직접 얼굴을 맞대다 보니 외형적인 부분이 평가 요소로 작용할 수 있을 것이다. 그렇다 하더라도 외적 부분에 가려질 수도 있는 지원자의 본질을 바로 보기 위한 제도가 마련된 것은 대단한 일이라 할 수 있다.

내면의 가치를 바라보는 세상이 조금씩 다가오고 있다. 우리 주변의 작은 변화가 모여서 사회의 큰 변혁을 이룰 것이다. 고소한 어묵 파치도 달콤한 못난이 사과도 가치를 인정받아 마트 진열대에서 그 모습을 볼 수 있길 바라본다.

# 인생에서 처음으로 요리 공모전에 도전해 봤습니다

《오마이뉴스》 '사는 이야기' 게재 글(2019.9.19.)

어스름히 깔린 노을을 등지고 집에 들어선다. 퇴근 후 곧바로 저녁식사를 준비한다. 오늘은 무엇을 만들까? 냉장고를 열어 보니 울퉁불퉁한 감자와 눈이 마주친다. 감자볶음을 만들어 봐야겠다. 재빨리 감자를 채 썰어 볶아낸다. 하루 내내 일하고 피곤하긴 하지만 가족과 함께하는 저녁식사를 준비하는 것은 중요한 일이다. 유일하게 아내와 얼굴을 마주하며 이야기를 나누는 소통의 시간이기 때문이다.

뜨거워진 조리 기구만큼이나 달아오른 얼굴에서 하품이 절로 나고 피로가 쏟아진다. 요리를 도와달라고 할 법하지만 아내는 온 방을 헤집고 다니는 아이 뒤를 쫓아다니느라 정신없어 보인다. 어릴 때 보았던 만화인 <톰과 제리>의 추격전을 보는 듯하다. 세상의 모든 것을 만지고 싶어 하는 아이와 어지럽혀진 집 안을 보기 싫은 엄마의 추격전은 네버 엔딩 스토리이다.

오랜 자취 생활로 인해 요리에 대해선 전문가까지는 아니지만 수준급이라고 자부한다. 아내도 요리를 못하는 건 아니지만 자취 요리 마스터인 나에 비할 바는 아니었다. 그러다 보니 자연스레 주방은 나의 영역이 되었다.

사실 요즘은 굳이 요리를 할 필요가 없다. 데우기만 해도 훌륭한 한 끼 식사를 만들어 낼 수 있는 완제품들이 시중에 많기 때문이다. 어설프게 만들어 낸 요리보다 맛도 훨씬 좋다. 늘어나는 1인 가구 수에 맞추어 제품의 종류 또한 다양하다. 완제품을 자주 먹는 혼자 사는 지인의 경우 집에 있는 유일한 조리 도구가 전자레인지일 정도로 쉽고 간편하다. 그렇다 보니 요리라는 예술적 행위에서 사람들은 점점 멀어지게 되는 것 같다.

SNS에서 지역 소식을 보다가 집 근처에 있는 농촌진흥청에서 우리 농산물로 만드는 요리 공모전을 개최한다는 게시물을 접했다. 일상적인 음식을 만드는 실력이지만 요즘 세태에 미뤄 볼 때 내 실력 정도면 도전해 볼 만하겠다는 생각이 들었다.

근거 없는 자신감을 등에 업고 공모전 도전을 감행했다. 먼저 무엇을 만들지 고민했다. 도전자들 중에는 주부 9단인 프로 주부님들도 있을 것이고 요식업에 종사하는 분들도 있을 것이다. 이런 전문가들을 제치려면 일반적인 음식을 선보여선 안 될 것 같았다.

당시 아이가 미음을 먹기 시작해 쌀가루를 만들어서 여러 종류의 미음을 만들고 있었다. 모든 생활이 아이에게 맞춰져 있다 보니 공모전에 제출할 요리 또한 아이가 먹을 수 있는 음식으로 준비해 보게 되었다.

그렇게 '아이도 먹을 수 있고', '우리 농산물로 만들어진' 요리를 고민하다 아이 미음을 만드는 방식을 응용한 '쌀 아이스 큐브'를 만들게 되었다. 그다지 멋있는 음식은 아니었지만 아이에게 특화된 음식이라는 것을 무기 삼아 심사 자료를 준비했다.

조리 과정을 사진으로 찍어 설명을 곁들여 제출했다. 그다지 기대를 하진 않았지만 새로운 도전을 해 본 것에 만족했다. 공모전 도전을 잊고 지내던 어느 날 한 통의 메일이 왔다. 바로 수상자로 선정됐다는 소식이었다.

시상식장에서 만난 수상자들은 학생부터 중년의 성인까지 연령대가 다양했다. 다들 어떠한 계기로 지원했고 어떤 직종에서 종사하는지 궁금했다. 마침 행사 시작 전에 사회자가 수상자들을 향해 요식업계에 관련되신 분이 있는지 질문을 건넸다. 요리 공모전이다 보니 업계에 종사하시는 분이 있을 거라고 생각은 했지만 나를 제외한 전원이 그렇다고 대답할 줄은 몰랐다. 질문 이후 비전문가인 내가 여기 앉을 자격이 되는지 몰라 괜스레 불편해졌다.

시상식에 앞서 수상자들이 응모했던 요리의 사진들이 공개됐다. 역시나 프로의 세계는 다르긴 했다. 집에 있는 식기 중에서 괜찮은 걸 쓴다고 썼지만 전문가들이 플레이팅에 쓴 식기에 비하면 후줄근했다. 레스토랑에 나올 법한 접시에 플레이팅된 음식과 반찬 종지에 덩그러니 담긴 내 음식은 외관부터 확연히 달랐다. 한껏 멋부린 음식들 사이로 내 요리가 소개됐을 때 참 민망하고 부끄러웠다. 특정 계층을 공략한 탓에 선정된 것일 뿐 실력으로는 시상의 근처에도 못 갔을 것이다.

시상식에서는 상장과 함께 수상 내역이 적힌 보드판이 수여됐다. 단순한 보드판일 뿐인데 주변 맛집으로 등극시켜 줄 것 같은 힘을 지닌 것 같았다. 만약에 내가 요식업 종사자였다면 가게에 멋들어지게 디자인이 된 보드판을 내걸었을 것이다.

요리 대회 수상 게시물의 힘을 체험했던 적이 있다. 한때 자주 갔던 김치찌개 맛집이 있다. 변덕스러운 입맛 때문에 여러 음식점을 전전하다 보니 최근엔 발길을 향하지 않았었다. 옛것이 제일 좋은 것이라 했던가? 기억 속의 그 맛이 그리워져 다시금 김치찌개 집을 찾았다.

오랜만에 방문한 김치찌개 집에는 커다란 현수막이 걸려 있었다. 무슨 경사가 있었던 것 같았다. 가까이 가서 보니 지역에서 개최된 향토 음식 대회에서 우승했다는 내용이 적혀 있었다. 멀리서도 보일 정도로 커다란 현수막은 주인아주머니의 자긍심처럼 보였다. 가게 실내에 들어서니 역시나 음식 대회 수상을 축하하는 게시물들이 여럿 붙어 있었다. 요리 대회에서 우승했다는 소식을 보고 먹어서 그런 건지 음식 솜씨를 갈고닦은 것인지 김치찌개가 유달리 맛있게 느껴졌다.

요리 대회 수상은 요리사 자신만의 명예뿐만 아니라 가게의 명예도 가져온다. 내로라하는 강자들과 경쟁하여 우승했다는 것은 가게의 맛을 증명하는 것이기 때문이다. 그럴듯한 수식어가 하나 생김으로써 요식업 매장들 사이에서 살아남을 확률이 높아질 것이다.

이번 수상을 통해 '호텔 주방장 출신이 만드는 맛집', '3대째 이어가는 맛집', '요리 대회에서 우승한 맛집' 등 음식점을 수식하는 여러 단어 중 하나를 쓸 수 있는 기회가 내게도 주어졌다. 하지만 요식업과 관계없는 분야의 사무직 직원인 나에게 의미 없는 일이었다. 말하자면 '돼지 목의 진주' 격이었다. 어렵사리 받은 수식어를 굳이 활용하자면 '대회에서 상을 탄 요리 잘하는 아빠'라는 호칭을 사용할 수 있을 것이다.

요리 공모전에 응모했을 당시에는 이런 복잡한 생각을 하지 않았다. 공모전에 당선이 되면 되는 것이고 떨어지면 그만이었다. 비전문가들도 요리 공모전에 많이 응모를 했을 것이며 일반인도 여럿 수상할 것이라 생각했다. 하지만 현실은 달랐다. 요식업이라는 치열한 무대 속에서 자신의 가치를 증명하고자 모든 것을 쏟아붓는 이들이 많다는 사실만 느꼈다.

세상 살기 참 녹록지 않다고 느낀다. 어떤 분야든 그들만의 리그에서 일반인이 살아남으려면 독창적인 아이디어를 품고 있어야 할 것 같다. 실력의 차이를 극복하는 방법은 그것뿐이라 생각한다. 요리 대회는 요리사만의 전유물이 아니지만 그런 결과를 만들어 내기 위해선 그들이 미처 생각하지 못한 아이디어가 뒷받침되어야 할 것이다.

# 생각하고 준비하라,<br>그러면 얻을 것이다!

2017 국방부 전역군인 취업 수기 공모전 입상 수상작

취업 수기 공모전을 보고 전역 전 제 모습이 파노라마 필름처럼 스쳐 지나갔습니다. 전역 당시 전역 날짜가 눈앞으로 다가왔을 때 마음이 심란했던 기억이 있습니다. 날짜는 임박해 오는데 준비는 되어 있지 않은 상태였기 때문입니다. 그때 당시 주변에 조언을 구할 사람도, 조언을 해 주실 분들도 많이 없어 개인적으로 매우 혼란스러웠습니다. 실질적인 조언을 얻지는 못했으나 그로 인해

저 스스로 취업 시장의 현실을 알아 갈 수 있었습니다. 취업 시장의 현실을 알고 난 후, 어떻게 취업을 준비해야 하는지도 알게 되었습니다.

저처럼 군에서 조언을 얻지 못하신 선후배님들에게 제 경험을 공유함으로써 도움이 될 수 있지 않을까라는 생각에 이번 수기 공모전에 참여하게 됐습니다.

**취업 시장의 현실, 직접 경험해 봐야**

군대에서 오랫동안 생활하다 보면 사회와 소통하는 데 많은 어려움이 있습니다. 취업 시장도 마찬가지입니다. 현재 취업 시장이 어떠한지를 군대 내에서는 가늠하기 어렵습니다.

저의 경험을 토대로 군대에서 취업 준비를 어떻게 하면 좋을지를 세 가지로 정리해 보았습니다.

첫 번째, 자신이 소속된 부대가 도시 부근이라면 취업

준비생 스터디 카페에 가입하시고 기회가 된다면 참석해 보기 바랍니다. 부대가 도시와 멀리 떨어져 있는 경우 단 하루만이라도 휴가를 내서 취업 박람회에 참여해 보기를 바랍니다.

취업 스터디에 참석해 보라고 권하는 이유는 그곳에서 취업을 준비하는 분들을 보며 제 마음을 다잡을 수 있었기 때문입니다.

취업 박람회의 경우 저는 군대에서 연대 전역 예정 간부들과 휴가를 내어 참여해 본 적이 있습니다. 사실 별 큰 기대를 하지 않고 박람회를 찾았습니다.

바람도 쐴 겸 겸사겸사 방문했던 박람회였는데, 막상 가 보니 박람회 현장은 제가 생각했던 것과 달리 '취업에 성공하겠다'는 열의로 뜨거웠습니다. 전국에서 모인 간부들은 정장을 차려입고 그들의 손에는 이력서가 들려 있었습니다. 그리고 취업 상담과 모의 면접에 적극적으로 임하는 모습을 보며 순간 '이런 마음가짐으로는 안 되겠구나'라는 생각이 들었습니다.

어떠한 형태든 취업 시장을 직접 체험하고 마음을 단단히 먹는 것이 취업을 향한 첫 번째 단계라고 생각합니다.

두 번째, 직종과 직무를 정하시기 바랍니다. 직종과 직무에 따라 취업 준비 방법이 상이하기 때문입니다. 저의 경우 대기업이 아닌 공공기관으로 취업하겠다는 목표가 세워져 있어 거기에 맞추어 준비를 했습니다.

여러 직무를 놓고 준비해야 합격률이 높지 않을까 생각할 수도 있지만 그렇지 않습니다. 한 가지 직무를 목표로 이전부터 준비해 온 이들 사이에서 여러 직무를 준비한 사람은 경쟁력이 없다고 생각합니다. 저 또한 공공기관 사무직이라는 하나의 직무에만 입사 지원을 했습니다. 한 가지 직무에만 몰두했기 때문에 비교적 빠른 시일에 합격을 할 수 있었던 것 같습니다.

2015년에 국방부와 매일경제신문사가 주최하는 군인취업역량강화 세미나에서 공기업 취업과 관련해 강의를 했습니다. 그때의 내용들을 여기에 적고 싶지만 지면상 적지 못해 아쉬움이 큽니다.

세 번째, 정한 직무에 필요한 역량을 쌓으시기 바랍니다.

전역 예정 간부들에게는 주어진 시간이 많지 않습니다. 그 때문에 정한 직무에 꼭 필요한 역량을 쌓는 데 전념해야 합니다. 주변에서 '다다익선'이라 생각해 직무와 관련 없는 자격증에 많은 시간을 투자하신 분들이 있었습니다. 하지만 돌이켜보면 개인적으로 시간낭비였다고 생각합니다.

저 또한 10여 개의 자격증을 취득했지만 이력서에 적어 낸 자격증은 단 한 가지였습니다. 직무와 관련 없는 자격증 취득 욕심은 내려두시기 바랍니다. 차라리 그 시간에 직무와 관련된 자격증을 공부하고 토익 점수를 다져 놓는 데 힘쓰시기 바랍니다. 군인일 경우 토익 응시료가 일반인에 비해 많이 저렴하기 때문에 최대한 자주 시험에 응시해 보시기 바랍니다.

덧붙여 응시도 하기 전에 '점수가 발바닥 사이즈로 나오면 어떡하지?'라는 고민을 하실 수 있습니다. 그러나 똑같은 영어 실력이라도 한 번 토익을 본 사람과 여러 번 본 사람의 점수는 결과적으로 다를 수밖에 없습니다.

전역 날이 하루하루 다가올 때마다 기쁨도 잠시, 걱정이 많은 분들이 계실 것 같습니다. 군대에만 있다 보면 자신도 모르게 세상물정에 둔감해지기도 합니다.

이런 상황에서 스스로 '취업 시장이 이럴 것이다, 저럴 것이다'라는 추측을 해서는 안 됩니다. 자신이 생각한 것보다 취업 시장은 싸늘하고 굉장히 어렵습니다. 취업 시장의 현실을 직접 피부로 느껴야 이에 따른 각오도 서고 앞으로의 계획도 세울 수 있습니다.

**군 생활, 차별화된 경험으로 피력해야**

취업 준비를 했던 당시의 기억을 회상하며 글을 써내려 가니 감회가 새롭습니다. 저 또한 전역 예정 간부였기에 제 글을 보는 분들의 마음을 적잖이 이해합니다. 전역일이 다가올수록 걱정이 많으시겠지만, 초조함과 걱정은 아무런 도움이 안 된다고 생각합니다. 주어진 시간에 철저히 준비한다면 충분히 좋은 결과를 얻을 수 있습니다.

다른 취업 준비생들과 다르게 우리에겐 간부로서의 경험이 있습니다. 이는 우리가 가진 무기입니다. 제가 면접에서 다른 취업 준비생들과 차별화를 할 수 있었던 점은 바로 장교로서의 경험이었습니다. 장교로서의 경험을 피력해 다른 면접자와는 다른 경험을 이야기할 수 있었습니다. 매번 듣던 이야기와 구별된 색다른 이야기를 한다면 면접관의 이목을 집중시킬 수 있을 것입니다.

그러나 무엇보다 가장 중요한 것은 자신을 믿고 앞으로 나아가야 한다는 것입니다. 취업이든 창업이든 모든 활동에 있어 중심은 바로 자신입니다. 달콤한 결과의 주인도 바로 자신입니다. 주변의 도움을 받되 반드시 자기 것으로 소화해야 효과를 발휘합니다.

부족하나마 제 군 생활 경험을 통해 몇 마디 말씀을 드렸습니다. 자그마한 도움이 되었으면 하는 바람이며, 모든 간부님들의 앞날에 건승을 기원합니다.

# 팬은<br>나이순이 아니잖아요

《풍경문학》 2019년 가을 호 게재 글

'팬(Fan)'이라는 단어는 젊음을 상징한다. 팬이라는 단어를 들으면 콘서트장에서 환호하는 학생들의 모습이 떠오른다. 온몸에 흐르는 푸른 에너지를 거침없이 토해 내는 그들의 모습에서 젊음의 열기, 패기가 느껴진다. 그런 혈기 넘치는 젊은이들의 특권이라 생각하던 팬이라는 수식어는 나이가 들어 아빠가 된 나에게 어울리지 않는다고 생각했다.

생각해 보면 나도 예전엔 누군가의 팬이었다. 좋아하는 가수의 노래를 하루 종일 듣거나 특정 배우의 영화를 즐겨 보기도 했다. 콘서트에 가서 목이 쉬도록 노래를 부른 적은 없지만 노래방에서 친구들과 목이 쉬도록 소리를 내지른 경험은 있다.

생계를 걱정해야 하는 성인이 된 후에는 누군가의 팬이 된다는 생각을 해 본 적이 없다. 업무를 위해 지하철에 몸을 싣고 창밖을 바라본다. 순식간에 지나가 기억조차 나지 않는 지하철 역사의 풍경들에 사색을 덧칠해 본다. 하지만 사색에 너무 깊이 빠지다 보면 목적지를 지나치기 십상이다. 치열한 경쟁 사회 속에서 잘못된 길로 들어서 남보다 뒤처지지 않으려면 정신을 바짝 차려야 했다. 살아남는다는 것에 집중하다 보니 누군가의 팬이 된다는 일에서 자연히 멀어지게 됐다.

힘겨운 어른의 삶 속에서도 팬심을 유지하는 사람들이 내 주변에도 남아 있었다. 팬이라는 싱그러운 단어와 선뜻 매칭이 되지 않는 친구가 있다. 이제 30대 중반의 나이로 자신의 꿈을 위해 시행착오를 겪어가고 있는 대학 동기이다. 우리가 먹은 나이를 증명하듯 얼굴에 까슬까슬한 수염이 자란 그는 한 여가수의 팬이다.

친구를 보고 있으면 경제력이 있는 성인 팬들의 대담함을 느낄 수 있다. 학생 팬들의 경우 SNS를 통해 가수를 알리거나 방송에 따라가 응원을 펼치는 경우가 많다. 하지만 경제적 수입원이 있는 성인들은 행동으로 지원하기보다 지갑을 여는 데 익숙하다. 욕망을 억제하며 보물단지처럼 고이 모셔 두었던 지갑 속의 비상금을 꺼내는 데에도 거리낌이 없다. 친구 또한 자신이 팬클럽 회원으로 활동하고 있는 여가수의 새 앨범이 나올 때마다 나를 포함한 자신의 지인에게 앨범 선물을 보냈다.

성인 팬들의 행보는 자신이 만족하는 것으로 끝나지 않는다. 그들에게는 현란하게 SNS를 꾸밀 열정도 가수들을 쫓아다닐 시간도 없다. 하지만 가장 중요한 경제력이 있다. 팬심을 물질만능주의와 결부시켜 생각한다고 비판을 할 수도 있다. 하지만 그것은 제한된 현실과 타협한 그들만의 표현 방법이다. 그들은 진정으로 좋다고 느낀다면 자신의 사비를 써서라도 지인들에게 가수의 노래를 전파한다.

성인들이 적극적으로 팬 활동을 하는 것을 단순한 취미생활이라고만 볼 수 없다. 그들은 어른으로서 가족에 대한 책임감을 양어깨에 지고 순수한 기억들을 가슴속 깊이 숨겨 놓고 살고 있다. 그렇게 학창시절 풋풋한 팬으로서의 기억들은 그들의 삶 속에서 오랫동안 잊혀 있었다. 빛바랜 일기장처럼 한구석에서 변색된 기억들이 다시 한 번 누군가의 팬이 되면서 다시금 추억의 싹을 틔우기 시작한 것이다.

한때는 다 큰 성인이 정신 못 차리고 애들처럼 군다는 따가운 시선을 받을까 봐 적극적으로 팬심을 보이기 힘들었던 적도 있다. 하지만 지금 우리는 개인의 개성이 존중되는 사회에서 살고 있다. 아이를 뜻하는 '키드(Kid)'와 어른을 뜻하는 '어덜트(Adult)'를 합성한 '키덜트(Kidult)'라는 말이 생겼듯이 어른들도 자신이 좋아한다면 연령대를 초

월한 문화를 즐길 수 있는 무대가 마련되었다.

한 시대를 풍미하다 기억의 저편으로 사라졌던 가수들이 복고 열풍을 타고 스크린에 모습을 드러낸다. 한때 만인이 선망하던 영광의 자리에 서 있던 그들은 새로운 문화의 흐름을 타고 등장한 후배들에게 자리를 내주고 쓸쓸히 사라졌다.

대중에게 섞여 평범한 이들로 지내던 옛 주역들이 다시 무대에 등장하고 있다. 그들이 다시 등장할 수 있었던 것은 그 시절 대중문화를 향유했던 성인들의 지지가 있었기 때문이다. 순수한 열정에 몸을 담던 그때의 나와 시대를 같이했던 가수들이 내뱉는 가사에 숨겨져 있던 팬심이 각성한다. 몸의 기력은 예전만 못하건만 학생 팬 저리 가라 할 정도로 열정의 물결 속에 몸을 던진다. 성인 팬들은 우리가 잊고 있던 옛 대중문화의 제2 전성기를 만들어 낸 일등 공신이라 할 수 있다.

학생 팬들이 주체하지 못할 에너지를 불태우는 혈기 넘치는 모닥불이라면 성인 팬들은 조용히 마음을 표현하는 잔잔한 촛불이다. 조용히 타오르는 촛불처럼 무대 뒤편에서 우상들을 애정 어린 눈빛으로 지켜보며 그들만의 팬심을 드러낸다. 그렇게 그들은 새로운 대중문화를 이끌어 가는 한 축으로 자리매김해 나가고 있다.

한동안 이용하지 않던 음악 앱을 켜고 최신 가요를 들어 본다. 가수들의 얼굴은 모르지만 노래의 리듬은 흥겹다. 달팽이관을 타고 들어오는 신나는 비트에 몸이 들썩인다. 이제는 발을 디딜 수 없을 것이라 여겼던 팬의 영역에 다시 들어갈 수 있을 것만 같다.

눈을 감아 본다. 세상살이에 찌들지 않았던 순수했던 내가 보인다. 다시 그때로 돌아갈 수는 없으나 누군가의 팬이 되어 과거의 나와 마주할 수 있을 것이다. 그 속에서 다시금 나만의 순수성을 되찾아 보고자 한다.

## 미래 고민

《문학광장》 2019년 11·12월 호 게재 글

우리는 자욱한 해무에 가려진 인생이란 바닷길을 항해하고 있다. 나와 후배는 기나긴 여정을 이제야 막 시작한 사회 초년생들이다. 어느 날 후배가 노후에 무엇을 하고 지낼지 물어본다. 사회생활을 먼저 시작한 선배에게 안갯속에서 길을 잃지 않을 대단한 방법이 있을 것이라 생각했나 보다. 그렇지만 나 또한 이렇다 할 대책이 없는 건 마찬가지였다.

자영업 폐업자가 100만 명을 돌파했다는 언론 기사를

본 적이 있다. 그분들 중에는 우리와 같이 직장인의 길을 걷다 자영업의 길로 들어선 분들도 있다. 자영업을 시작하게 된 각자의 사정은 다를 것이다. 하지만 성공가도를 걷는 이들보다 하루하루를 버겁게 보내는 이들이 많은 것이 공통된 실태이다. 이런 암담한 현실 속에서는 사회생활을 한 날보다 해야 될 날이 몇 배나 남았음에도 지금부터 노후를 준비해야 한다는 생각이 강하게 든다.

대학을 졸업하고 사회에 첫발을 내디딜 때 서브프라임 모기지 사태로 리먼 브러더스가 파산하고 글로벌 금융위기가 대두됐다는 기사가 연신 보도됐다. 그때도 경제상황은 어려웠고 취업 또한 녹록지 않았다. 긍정적으로 생각해 보려 해도 전혀 나아질 것 같지 않은 상황 속에서 나는 첫 직장으로 직업군인의 길을 걷게 되었다.

군대라는 외부와 단절된 세계는 경제 위기로부터 안전한 요람이라고 생각했다. 하지만 군대에도 경제의 어두운 먹구름은 드리우고 있었다. 치열한 경쟁이 더해진 계급정년 제도는 군인의 길을 걷기 시작한 청운의 꿈을 품은 이들에게 커다란 시련을 안겨 주었다.

경제가 호황이던 시절에는 군대 가서 장기 복무를 신청하면 무조건 된다는 우스갯소리가 있었다고 한다. 하지만 지금의 직업군인은 공무원으로서 안정적 신분과 급여를 보장받을 수 있기에 장기복무자와 진급자 선발에서 피 튀는 신경전이 벌어진다. 인사평가 시기마다 자신의 모든 것을 걸고 도전해도 성공을 보장할 수 없었다.

전방 부대에 비해 진급이 불리한 후방 부대에서 군 생활을 했다. 그곳에서 많은 분들이 계급정년이라는 거대한 벽 앞에서 군복을 벗어 놓고 사회로 발길을 돌리는 것을 보았다. 진급을 하지 못했다고 해서 그분들의 책임감이나 업무 능력이 뒤떨어지는 건 아니었다. 미래가 막혀버린 암울한 상황임에도 좌절하지 않고 소임을 다해 부대를 대표한 전술대회에서 우승하여 표창을 받아오는 분도 계셨다.

흔히 전역자들에게 명예로운 전역을 축하한다는 말을 한다. 하지만 부대 정문에 나오는 순간 이 명예라는 멋진 말이 기억나지 않을 정도로 현실의 무게가 양어깨를 무겁게 누른다. 명예퇴직과 다를 바 없는 계급정년을 맞이하게 되었을 때 그들이 느낀 무력감과 조직에 대한 배신감은 이루 말할 수 없을 것이다.

일찌감치 진로를 변경하여 군에서 나와 비교적 정년이 보장되는 직장을 얻었다. 이곳에서도 30여 년을 일하고 퇴직하면 장밋빛 미래는 아닐지언정 어느 정도는 노후를 준비할 수 있을 줄 알았다. 하지만 재직 중에 아무리 잘나가는 직원이어도 퇴직 이후 이렇다 할 직장을 얻진 못하는 것 같았다. 조물주 위에 건물주라는 말이 있듯 임대업을 하면 그나마 잘 지내는 편에 속했다.

정년 이후의 삶은 선택지가 다양하지 못했다. 퇴직 후 임대업을 하는 건 비단 우리 회사만의 문제도 아니었다. 국세청 통계연보에 따르면 50대 이상의 신규 창업 1위 업종이 부동산 임대업이라고 한다. 퇴직자들이 임대업에 몰리는 것은 국가적인 현상이라고 볼 수 있을 것이다. 이렇듯 먼저 퇴직한 인생 선배들을 바라보고 있노라면 직장이란 울타리에서 벗어나 야생에서 거센 바람을 맞으며 삶이란 늑대에게 쫓기는 것이 얼마나 힘든 것인가를 느낄 수 있었다.

후배와 나는 아직까지 미래에 대해 그 어느 것도 확답을 내린 것이 없다. 하지만 한 가지 확실한 건 우리도 언젠가 퇴직을 하고 새로운 시작을 맞이해야 한다는 것이다. 아직 사회에서 꿈꾸고 이뤄야 할 것들이 많지만 손에 쥐고 있던 것들이 손가락 사이로 빠져나갈 때를 대비해야 한다. 끊임없이 미래에 대해 고뇌하고 준비를 거치다 보면 언젠가 이에 대한 해답을 얻을 수 있을 것이라 믿는다.

# 천산의 경치를 보다

《월간 산》 2019년 9월 호 감동 산행기 게재 글

산을 가까이한 지 오래된 것 같다. 지금의 직장을 얻기 전에는 직업 군인으로 근무하며 산과 지겹도록 마주했었다. 이제는 하루의 대부분을 앉아서 일하는 사무직으로 있다 보니 지겨웠던 산들이 그리워지기 시작한다.

초록빛 물결로 온 산이 물들고 만물이 깨어나는 시기에 산의 정기를 받으며 길을 걷는 상상을 해 본다. 생각만으로도 온몸이 상쾌해지는 기분이 든다. 답답한 사무실의 공기 대신 산의 모든 만물들이 뿜어내는 신선한 공기를 들이마시며 잠들어 있던 몸의 활력을 깨우고 싶어진다.

그러던 차에 부서에서 체련 행사로 산행을 가자고 한다. 오랜만의 산행이라니 기대가 됐다. 어느 산으로 가느냐고 하니 전남 장흥에 위치한 천관산으로 간다고 한다. 천관산은 회사가 있는 전주에서 차로 3시간이나 걸리는 곳이었다. 얼마나 좋은 곳이기에 주변의 명산을 놔두고 이곳에 가자고 하는지 궁금해졌다.

정보를 찾아보니 천관산은 지리산, 월출산, 내장산, 내변산과 함께 호남 지방의 5대 명산 중 하나로 불린다고 한다. 수십 개의 봉우리가 하늘을 찌를 듯이 솟아 있는 것이 천자의 면류관과 같아 천관산이란 이름이 붙여졌다고 한다.

천자의 면류관이라니 거참 거창한 수식어를 가졌다. 이번에 산행을 가서 사실인지 아닌지 직접 눈으로 평가해봐야겠다는 생각이 들었다. 거창한 수식어만큼 멋진 경관을 보여 주길 바랐다.

천관산을 향하는 날, 싱그러운 햇살을 등지고 직원들이 하나둘씩 모습을 비추기 시작한다. 빨간 장밋빛, 노오란 개나리빛 등산복들을 입은 직원들은 저마다의 색깔을 자랑하는 듯 걸어오고 있었다. 사무실에서 정장을 입은 모습만 보다가 등산복 차림의 직원들을 마주하니 색다른 기분이 들었다. 격식 없는 복장으로 만나니 오늘만은 허물없이 회사 선배, 후배가 아닌, 형, 동생으로 지낼 수 있을 것 같았다.

직원들은 제각각 만반의 준비를 하고 왔다. 장비만 놓고 보면 그랜드슬램을 달성할 수도 있을 것 같다. 사진전문가인 선배는 등산에 무리되는 무거운 회사 카메라 대신 가벼운 개인 카메라까지 준비해 오는 정성을 보였다.

전남으로 향하는 길에 여러 산들이 보인다. 길가의 수많은 산들 중 천관산처럼 멋진 이름을 가진 산은 없을 것 같았다. 어서 빨리 천관의 자태를 보고 싶었다. 잠시 동안의 드라이브를 거쳐 도착한 장흥은 파란 하늘 속에 아지랑이같이 구름을 살랑이며 우리를 환영해 주고 있었다. 정상에 올라서면 정말 멋진 풍경이 펼쳐질 것만 같은 화창한 날씨이다.

다들 차에서 내려 입산하기 전 준비 운동을 시작한다. 손과 다리를 쭉쭉 늘려 본다. 온몸 구석구석의 안 쓰던 근육이 펴지는 느낌이다. 온몸에 시동을 걸고 가벼운 마음으로 등산을 시작해 본다.

처음에는 경사도 완만하니 서로 대화도 나누며 화기애애한 분위기가 조성됐다. 하지만 몸이 달아오른 몇몇 분들이 속도에 붙을 붙이니 그분들을 따라잡느라 다들 바빠졌다. 자고로 직장인의 등산은 앞사람만 보고 가는 전투적 등산이다. 전쟁터에 군인들이 목적지를 향해 행군하듯 앞만 보고 향한다. 이유는 모르겠지만 마치 정상에 무언가를 두고 온 사람처럼 황급히 올라간다. 같이한다는 것이 중요한 것이지 먼저 도착하는 것이 중요한 것이 아닐 텐데 다들 전력으로 앞을 향해 나아간다. 산에 한 발자국 흔적을 채 남기기도 전에 서둘러 발을 떼 버리는 동료들의 뒷모습에 경쟁 사회 속에서 살아가는 우리의 모습을 비춰 본다.

다들 바쁘게 올라가다 보니 주변 경치를 구경할 틈이 없다. 길옆의 이름 모를 꽃들에게 눈길을 줄 틈도, 뺨을 스쳐가는 산들바람을 느낄 겨를도 없다. 다들 주변을 둘러보는 산행의 즐거움을 모르는 것 같았다.

정상에 올라서서 바라보는 시원한 경치도 좋지만 올라가면서 볼 수 있는 주변의 소소한 풍경에서 얻는 재미도 나쁘진 않다. 예전에 뉴질랜드 프란츠 조셉에서 빙하를 타본 적이 있다. 가이드가 있었지만 천관산 등산보다 더 위험하고 힘든 코스였다. 우리 팀들은 정상으로 빨리 가는 것도 중요했지만 느리게 걷는 것을 선택했다.

다큐멘터리에서 볼 법한 빙산의 장관을 감상하며 처음 만난 사람들과 사진도 같이 찍고 많은 이야기를 나눴다. 인생에서 제일 재밌었던 산행 중 하나를 꼽으라면 그때라고 말할 수 있다. 느리게 걸으며 산의 모든 것을 보고 느꼈기에 가능한 일이다. 만약 정상만 보고 올라갔다면 그러한 추억도 만들지 못했을 것이며 지금까지 회상되는 일은 없었을 것이다.

한참을 숨 가쁘게 올라가다 대열을 정비하고자 잠시 쉬는 시간을 가져 본다. 경치를 둘러보니 햇빛에 반짝이는 금빛 파도가 넘실대는 바다가 보인다. 아직 정상도 아닌데 이런 멋진 경치를 보여 준다니, 정상에서의 운치가 기대됐다.

아름다운 경치를 눈에 담고 다시 산을 오른다. 대열 사이사이로 거친 숨소리가 오간다. 말이 아닌 눈빛으로 서로 대화가 오갈 때 즈음 천관산의 정상이 보이기 시작한다. 천관산은 올라오느라 수고했다고 여기서부터는 쉬어 가라며 또 다른 경관을 보여 준다.

연대봉에서 환희대로 이어지는 능선은 숨겨진 코스처럼 나타난다. 천관산의 세례를 받고자 정상으로 향하는 순례자들의 행렬을 보여 준다. 우리들도 순례자들의 뒤를 따라 천관산 정상에 이르렀다.

천관산의 종착지에서 내려다보는 지상의 모습은 천상

의 선인들이 내려다보는 경치처럼 아름다웠다. 지금 내가 여기서 천상의 경치를 볼 수 있었던 것은 동료들이 함께 해 주었기 때문일 것이다. 동료들이 있어 경치가 더 아름답게 느껴졌다.

천산의 경치를 오래 감상하고 싶었지만 일정을 맞추어야 해서 이내 발걸음을 돌렸다. 하산의 발걸음은 매우 가벼웠다. 동료들은 뒤풀이가 기다리고 있어서 그런지 성큼성큼 대담하게 발을 내딛었다.

내려가는 길에 기분 좋은 바람이 온몸을 훑고 지나간다. 천관산이 잘 가라고 배웅해 주는 것 같았다.

# 시티투어 버스와 함께한 어느 신입 직원의 추억

GKL사회공헌재단과 함께하는 환대 실천 수기 공모전 입선 수상작

신입 사원으로 입사 후 첫 근무지로 가기 위해 속초 터미널에 발을 내딛었다. 푸른빛을 머금은 속초의 하늘은 생동감을 불어넣는 관광객들과 어우러져 이곳이 관광의 메카임을 알렸다. 바람을 타고 오는 바다 내음을 벗 삼아 걷던 차에 발걸음을 멈춘다. 엑스포 타워 너머 구름띠를 두른 설악산이 모습을 보이며 신선도 같은 전경이 펼쳐진다. 해외에서 보았던 절경에 뒤지지 않는 아름다운 풍경

에 잠시 빠져든다.

근무지에서의 하루하루는 새로움의 연속이었다. 매일이 바쁘게 지나갔지만 휴일인 주말이 되면 무엇을 할지 고민이 되었다. 이왕 속초에서 일하게 됐으니 이곳의 정취를 즐겨 봐야겠다고 생각했다. 어떻게 관광을 즐기면 좋을까 알아보던 차에 시티투어 버스 운영 안내문을 발견하게 되었다.

속초의 시티투어 버스는 타 지역의 시티투어 버스와는 달랐다. 타 지역의 투어버스는 한 번 내리면 다음 버스가 올 때까지 기다려야 했다. 관광버스보다는 관광지행 시내버스 같은 느낌이었다.

그와 달리 속초 시티투어 버스는 각 코스마다 정차 후 여유 있게 둘러볼 시간이 주어졌다. 버스에서 내려 드넓은 바다와 마주해 본다. 한 주의 스트레스가 뻥 뚫리는 기분이 든다. 마음껏 관광지를 즐기고 버스를 탑승하면 다음 코스로 이동한다. 한 버스로 모든 장소를 투어할 수 있어 마치 단체 관광을 가는 것 같았다. 타 지역의 시티투어도 장점이 있으나 나에겐 속초의 시티투어가 안성맞춤이었다.

다재다능한 운전기사님들은 때로 투어 가이드로 변신하셨다. 버스에서 하차 후 운전기사님이 관광지에 대한 설명을 해 주셨다. 따로 교육을 받지도 않았을 텐데 전문가이드 못지않은 지식과 유창한 말씨를 자랑한다.

다만 아쉬웠던 점은 그 매력에 비해 홍보가 잘 이루어지지 않았다는 것이다. 속초에 사는 분들조차 잘 모를 정도이니 홍보가 거의 이루어지지 않았다 해도 무방할 것이다.

한번은 2층 버스에 세 명 남짓한 관광객들이 탄 적이 있었다. 텅 빈 버스 안에서 기사님과 가까운 자리에 앉아 대화를 나누었다. 기사님은 시티투어 버스 운영이 적자이며 시의 보조금을 받고 있으나 언제 폐지될지 모른다고 하시며 씁쓸한 웃음을 지으셨다. 친절한 기사님들과 함께하는 시티투어는 속초에서의 즐거움 중 하나였는데 곧 폐지될지 모른다는 말에 아쉬움이 느껴졌다.

속초의 명소들을 눈에 익힐 즈음 다른 지역으로 발령받게 되었다. 제법 먼 곳으로 발령받게 되어 이후 속초의 시티투어 버스를 이용할 기회는 주어지지 않았다. 지금도 시티투어 버스가 운행되고 있는지는 모르겠으나 언젠가 속초에 가게 된다면 시티투어 버스에서 다정한 기사님들과 대화를 나누며 그때의 추억을 떠올려 보고 싶다.

# 이국에서의 도전

《풍경문학》 2019년 봄 호 게재 글

호주로 떠나기로 했다. 갑작스러운 결정이었다. 전역이란 문 너머 여러 갈림길에서 나는 해외로 향하는 길을 선택하였다. 사실 선배 장교가 전역 후 싱가포르로 떠나는 걸 본 그날부터 막연히 해외로 가고 싶다는 생각을 하긴 했다.

이런 결정을 내린 데에는 사회로 나갈 대비를 하지 못했던 것이 크게 작용했다. 겸직으로 인해 행정 업무가 많아져 새벽 별을 벗 삼아 퇴근하는 것이 일상인 상황에서 앞날까지 생각하는 건 사치였다. 눈앞에 닥친 일만 처리해도 내 몸의 배터리는 방전되기 일쑤였다. 오래된 배터리처럼 충전을 해도 100% 충전이 되지 않았다. 그동안 쌓아온 피로들이 내 몸 속의 회로들을 부식시켜 망가뜨리고 있었다.

바쁜 일정에 쫓기며 하루하루 쳇바퀴를 돌리며 살다 보니 어느새 전역이 눈앞에 와 있었다. 당장 울타리 밖으로 나가게 되었는데 할 줄 아는 건 쳇바퀴를 돌리는 것뿐이었다. 살을 에는 칼바람과 마주치는 사회의 현실을 알아챘을 때에는 이미 늦어 있었다. 취업 시장에서 요구하는 스펙을 갖추지 못한 전역 군인인 나는 환영받지 못하는 존재가 되어 있었다.

이런 상황에서 휴식과 어학 공부를 빙자해 호주로 떠나는 건 좋은 핑계거리가 되었다. 어느덧 전역일은 다가왔고 나는 빚쟁이에 쫓기듯이 주변 지인들에게 행적을 알리지 않은 채 황급히 떠났다. 지금 생각해 보면 해외에

가 보고 싶은 마음보다는 설 곳을 잃은 백수를 바라보는 사회의 시선을 피해 도망치고픈 마음이 더 컸던 것 같다.

직업소개소를 통해 호주의 한 섬에서 일을 하게 되었다. 섬 속에 있는 리조트에서의 삶은 그리 나쁘지 않았다. 이국에서의 삶은 모든 것이 새로웠다. 들이마시는 공기조차도 다르게 느껴졌다. 온몸을 붉게 물들이는 석양을 바라보며 숨을 들이마시면 소금기를 머금은 신선한 바다 공기가 코에서부터 폐까지 훑고 지나가며 이곳이 낯선 이국임을 상기시켜 주었다.

호주에서의 달콤한 휴식 시간은 주말이 지나가듯 눈 깜짝할 새에 지나갔다. 정신 차리고 보니 고국으로 돌아가야 할 시간을 카운트하는 시곗바늘 소리가 날카롭게 들리고 있었다. 얼마 남지 않은 시간 속에서 무언가를 이뤄야 한다는 생각이 들었다. 돌아가면 학생이라는 이름표를 달 수 있는 유학생들과는 다르게 물러설 곳이 없었다. 늘어가는 청년실업률에 이바지하는 백수가 될 뿐인 나에게 빈손으로 돌아가는 건 용납되지 않았다.

그러던 중 리조트의 고용 기간이 만료되어 섬을 떠나면서 동료들과 시드니로 가게 되었다. 새로운 도시 시드니에서는 무언가를 꼭 이뤄야겠다는 생각이 들었다. 동료들에게 무엇을 하며 지낼지 상의하다 영어 강사 양성 과정인 테솔(TESOL) 과정을 추천받게 되었다.

테솔(TESOL)은 'Teaching English to Speakers of Other Languages'의 약자이다. 말 그대로 영어를 모국어로 하지 않는 사람에게 가르치는 교수법을 배우는 과정으로 우리나라에서는 영어 강사로 취직할 때 우대사항으로 쳐주는 자격증이다.

영어를 잘하는 이에겐 별것 아니겠지만 국어국문학과 졸업생인 나에게는 큰 도전이었다. 대학생 때도 한자는 공부했어도 영어는 거들떠보지도 않았던 나였다. 입대 전 영어 성적은 전역할 때에는 이미 유효 기간이 만료될 것이기에 영어 공부에 더욱 신경 쓰지 않았다. 헤어진 연인처럼 신경은 쓰이지만 굳이 영어 공부를 찾아 하지 않던 내가 누군가에게 영어를 가르쳐야 한다니, 설레는 마음보다는 고민이 앞서는 건 당연한 일이었다.

영어 강사로 진로를 선택할 건 아니었지만 자격증을 들고 가면 허전한 마음을 조금이나마 채울 수 있을 것 같았다. 그저 놀지만은 않았다고 스스로에게 위안을 주기 위해 손에 쥘 증표가 필요했을지도 모르겠다.

테솔을 공부하기로 결심했지만 교육 과정에 들어가는 것부터 만만치 않았다. 어학원 자체 입교 시험을 통과하지 못하면 일정 기간의 어학 교육을 수료해야 했다. 그야말로 시간과 돈을 버리는 셈이었다.

시간을 낭비할 수 없다고 스스로에게 되뇌었다. 일개 어학원의 테스트조차 통과하지 못한다면 그동안 보냈던 시간은 의미가 없어질 것 같았다. 다행히도 일하던 섬에서 틈틈이 공부한 것이 빛을 발했던 것인지 입교 시험은 무사히 통과하였다.

교육 과정 내내 부족한 영어 실력을 보충하기 위해 평상시에 가지 않던 도서관을 다녔다. 여행만 했다면 가 보지 않았을 이국의 도서관은 나름 새로운 느낌을 주었다.

사람들의 발걸음 소리와 사각사각 책 넘기는 소리가 정적을 가르며 귓가에 들어와 맴돌았다. 평상시에는 지나쳤을 아무것도 아닌 소리가 괜스레 집중에 도움을 주는 것 같았다.

어학원에서는 오전반과 오후반 사이에 한 시간씩 테솔 교육생들이 어학반 교육생들을 대상으로 강의를 하는 시간이 있었다. 어학원의 누구든 듣고 싶은 사람은 그 교육을 들을 수 있었다. 듣는 사람 입장에는 즐겁게 들을 수 있는 부담 없는 수업이었지만, 가르치는 교육생 입장에서는 마냥 즐겁지는 않았다.

강의실 뒤편에는 평가 강사가 테솔 교육생들의 수업 내용과 태도를 평가하고 있었다. 먹잇감을 바라보는 독수리처럼 허점을 찾아내려는 평가 강사의 날카로운 눈빛과 마주하면 의식이 아득해졌다. 평가 강사 앞에서는 말 한 마디와 손짓 하나까지 조심스러워졌다.

수강생들 중에는 외관상으로 나보다 영어를 훨씬 잘할 것 같은 노란 머리 파란 눈의 외국인도 있었다. 번데기 앞에서 주름 잡는 것처럼 그들 앞에서 영어를 가르친다는 게 성립되지 않는 역설처럼 느껴졌다. 인생의 최대 고비가 있다면 지금이 아닐까 하는 생각이 들었다.

5회로 구성된 교육 실습은 대부분 무탈하게 지나갔지만 위기의 순간도 있었다. 공연을 앞둔 배우처럼 연습을 반복했건만 갑작스러운 수강생들의 질문 앞에선 아무 소용없었다. 엿가락처럼 붙어 버린 두 입술은 쉽게 떨어지지 않았다. 다행히 마음을 가다듬고 겨우 입을 열어 가까스로 위기를 넘겼다.

언제 끝나나 싶던 테솔 과정을 마치면서 호주에서 열심히 지냈다는 증빙서를 취득했다. 무작정 떠난 호주에서 나만의 도전을 마치고 고국으로 돌아온 지도 어언 8년이 지났다. 그 시절 도전의 추억은 기억의 지평선 너머 과거에 남겨져 있다.

가끔 그때의 기억을 떠올려 본다. 고국에 들어와 무사히 직장을 얻고 가정을 꾸리게 된 것은 그때의 도전으로 다져진 내가 있기 때문일 것이다. 앞으로 겪어 보지 못한 많은 일들이 내 앞을 가로막을 것이다. 하지만 늘 그래왔듯 잘 헤쳐 나갈 것이며, 극복한 도전들은 나 자신을 더욱 강하게 만들어 줄 것이라 믿는다.

# 나 홀로 여행

《전라일보》 '아침단상' 게재 글(2019.5.23.)

여행은 기쁘고 설레는 일이다. 더구나 패키지여행이라면 일정이 정해져 있어 가벼운 마음으로 갈 수 있어 좋다. 하지만 자유여행이라면 다르다. 그 준비 과정으로 인해 마냥 즐겁지만은 않다. 비용을 절감할 수 있는 장점이 있지만 철저한 준비가 필요하다.

우연히 자유여행의 기회가 생겼다. 동료 직원이 대만으로 여행을 함께 가자고 제안한 것이다. 해외여행을 생각해 보긴 했지만 준비 과정이 귀찮아서 미루고 있었던 참이었다.

무엇보다 여행에 필요한 준비를 동료 직원이 해 준다고 한다. 절대 놓쳐서는 안 되는 기회였다. 동료 직원이 한 입으로 두말하는 성격은 아니라는 것을 알기에 비행기표와 숙소를 단번에 예매했다.

너무 쉽게 여행을 가려고 한 탓일까? 뜻밖의 장애물이 생겼다. 출발 일주일을 앞두고 동료 직원이 여행을 가지 못하게 된 것이다. 갑자기 상급 기관에서 감사 통보가 와서 감사 준비를 해야 했다. 동료 직원이 속해 있는 부서가 수감 대상이라 절대 빠질 수 없었다. 동료 직원만 믿고 아무 준비 없이 출발할 날만 기다렸는데 몹시 난감했다.

눈앞이 캄캄했다. 뜻하지 않은 감사라는 돌풍 때문에 기대했던 여행을 취소해야 할 처지가 되었다. 그렇다고 혼자 여행을 하려니 걱정이 앞섰다. 중국어나 타이완어를 전혀 할 줄 몰라 의사소통부터 문제였다. 그렇다고 여행을 포기하자니 비행기 표와 숙박 비용으로 인한 손해

가 컸다.

부딪혀 보자는 생각으로 결국 혼자 대만으로 떠났다. 경쾌해야 할 인천공항으로 향하는 발걸음이 무거웠다. 비행기가 이륙하며 한국과 멀어져 간다. 며칠 뒤에 다시 올 내 나라이지만 쉽사리 눈이 떨어지지 않는다.

홀로 가는 여행은 장점이 많았다. 지도에 의지하며 미로 같은 골목길을 가로질러 타이페이 시내를 샅샅이 탐험했다. 강도 높은 일정이었다. 동행자가 있었다면 불가능한 일이다. 패키지여행에서 느낄 수 없었던 즐거움을 원없이 걸어 다니면서 경험했다.

생각보다 언어는 큰 걸림돌이 되지 않았다. 택시를 이용할 땐 목적지는 관광지 리플릿을 보여 주었고, 로컬 식당에서는 음식 그림을 가리키면 주문이 되었다. 굳이 현지 언어를 사용하지 않아도 소통이 가능했다.

일정을 마치고 들어간 숙소는 그럭저럭 괜찮았다. 방은 좁았지만 아늑한 침대가 있었다. 타국의 적막함이 감도는 방 안에서 나를 위로해 주는 건 TV뿐이다. 뜻을 알 수 없는 중국어가 나오는 채널 사이로 외화를 상영하는 채널을 찾았다. 비록 자막은 중국어지만 조금이라도 알아들을 수 있는 영어를 접할 수 있어 무료함을 달랠 수는 있었다.

온종일 걸었더니 다리가 피곤했다. 침대에 누워 방문했던 곳, 먹었던 음식 사진을 SNS에 올렸다. 누군가가 SNS 계정에 글을 남겼다는 알림이 뜬다. 옛 동료인 '아키' 양이 남긴 글이다. 뜻밖이었다. 아키 양은 내가 호주에 있을 때 같이 일을 했던 일본인이다. 알고 보니 그녀는 그 당시 사귀던 대만 남자 친구와 결혼하여 현재 타이페이 시내에 살고 있었다.

길에서 초등학교 동창을 만나더라도 이렇게 반갑진 않을 것이다. 우리는 메신저로 서로의 근황을 물어보며 전화번호를 교환했다. 대만 통신사에서 임시 휴대폰 번호를 받아 놓은 것이 아키 양을 만나는 데 큰 도움이 되었다.

다음 날 그녀와 만나 점심식사를 하게 되었다. 세상은 넓고도 좁다는 말이 새삼 실감이 났다. 그녀와 같이 나온 지인도 이렇게 외국 친구를 다시 만나는 걸 보고 신기하다고 했다. 그녀는 오랜 시간 타국인 호주에서 생활해서 그런지 대만에서도 빨리 적응한 것 같았다. 낯선 이곳의 문화도 후덥지근한 기후도 그녀는 즐기고 있었다. 반가운 이와의 만남으로 대만 여행은 탄력을 받았다. 더 이상 미지의 세계를 탐험하는 것에 두려움은 없었다.

직장 동료의 사정으로 홀로 떠나게 된 여행이었지만 나름대로 즐거움이 많았다. 옛 직장 동료를 만나기도 했고 나 홀로 즐기는 여행의 맛도 경험했다. 하나를 잃으면 하나를 얻게 되는 인생의 메커니즘도 느꼈다.

인생은 헤어짐과 만남의 연속이다. 그 만남을 통해 수많은 추억을 만든다. 그래서 인생은 재미있다. 이번 나 홀로 여행 덕분에 앞으로 살아가면서 만날 인연들이 기대가 된다. 가끔 마음의 휴식이 필요할 때 나 홀로 여행을 하련다.

# 충칭에서 들어보는 광복의 메아리

《오마이뉴스》 '사는 이야기' 게재 글(2019.12.27.)

5천만 국민의 삶의 터전이자 자랑스러운 국가 대한민국. 2019년은 대한민국의 임시정부가 수립된 지 100주년을 맞이한 해이다. 뜻깊은 해의 마지막을 민족 해방의 꽃을 피우기 위해 희생한 선조들의 흔적을 따라가며 마무리해 보고자 중국 충칭으로 향했다.

충칭은 척박한 바위틈에서 뿌리내린 외롭지만 고고한 소나무였던 독립투사들과 임시 정부의 마지막 종착지이다. 윤봉길 의사 의거 이후 일제의 감시로 인해 상하이를 떠난 임시정부 요인들은 항저우, 전장, 창사, 광저우, 류저우, 치장 등 중국 각지로 탄압을 피해 다니다 이곳에 오게 되었다고 한다.

꺾이지 않는 불굴의 의지로 충칭까지 오게 되었지만 이곳의 습도 높은 기후와 궁핍한 생활은 상당수의 요인들을 폐병과 굶주림으로 유명을 달리하게 만들었다. 남겨진 동료들은 떠난 이의 소망을 짊어지고 무거운 발걸음을 옮겨 나갔다. 그 자리에 주저앉고 싶은 때도 있었지만 독립에 대한 열망과 먼저 떠난 동료들의 염원이 또 다른 발걸음을 내딛게 한다. 이름 모를 독립투사로 사람들의 기억 속에서 아스라이 스러질지라도 독립을 위해 여념이 없었고 끝내는 양손에 그 과실을 쟁취해 냈다.

기름지고 부드러운 토양에서 자란 소나무는 태풍에 쓰러지지만 바위가 있는 척박한 땅의 소나무는 뿌리를 곧게 내려 쓰러지지 않는다고 한다. 임시정부 요인들은 오직 나라의 독립을 위하여 머나먼 곳에서 굶주림과 추위를 견디며 굳건한 의지의 뿌리를 내렸고 결국 바라 마지않던 따스한 고국의 햇살을 맞게 되었다.

그들의 마지막 행적이 담긴 충칭 임시정부는 실제로는 1년도 채 사용되지 못했다고 한다. 비록 잠시 사용했다고는 하나 이곳에 남아 있는 숭고한 이념을 느끼기에는 충분했다. 머나먼 땅에서 이렇게 보존되어 대한민국 국민의 가슴에 충정을 새겨 넣다니 참으로 대단한 곳임에 틀림없다.

광복군총사령부로 발걸음을 옮겨 역사의 흔적을 따라가 본다. 항일 독립 군사 투쟁의 흔적이 남아 있는 이곳은 올해 복원이 완료되었지만 정식 개방은 이뤄지지 않은 상태이다. 다행히 운이 좋아 안내원을 대동하고 내부를 견학할 기회가 주어졌다.

다양한 사료들 속에는 광복군의 굳은 결의와 염원이 묻어나 있었다. 광복군은 독립이란 두 글자를 아로새긴 씨앗을 가슴에 품고 고국에 꽃을 피우고자 가시밭길을 내딛었다. 총칼을 앞세운 탄압에 때로는 심장은 얼어붙기도 하고 때로는 함께하는 동지들의 전우애로 녹기도 했다.

얼었다 녹았다를 반복하며 갈라진 틈 사이로 한 맺힌 붉디붉은 눈물이 새어나오기도 했을 것이다.

그들이 유일하게 바랐던 건 고향의 땅을 두 발로 딛고 햇살을 마주하며 세포 하나하나에 스며드는 자유의 바람을 만끽하는 것이었다. 그렇게 그려 마지않던 해방을 맞이한 이도 있었지만 그 과정에서 독립을 향한 터질 듯한 가슴을 부여잡고 한 줌의 재가 되어 스러진 이도 있었다. 비록 육신은 산화했지만 고국을 그려 마지않던 영혼들이 한 줄기 바람을 타고 고향에 무사히 도착했길 바란다.

이곳 충칭에는 독립운동의 흔적들이 여럿 남아 있다. 그 중 하나가 바로 천안 출생의 독립운동가 석오 이동녕 선생의 거주지이다. 임시정부의 4번째 주석이기도 한 이동녕 선생은 교육자, 언론인, 개화민권가로서 여러 활동을 펼쳤다.

나라를 위해 헌신했던 이동녕 선생도 결국 고국의 독립을 바라보지 못하고 병환으로 머나먼 중국 기강에서 영면하셨다. 생과 사는 인간의 힘으로 어찌할 수 없다지만 고국의 독립을 위해 노력하신 분들이 결국 독립을 보지 못하고 눈을 감았다는 사실이 참으로 비통할 따름이다.

우리는 순국선열들이 지켜 낸 자랑스러운 대한민국의 국민이다. 육신에는 대한민국의 독립을 외쳤던 선조들의 얼이 흐르고 있다. 외부의 누구 하나 관심 가져 주지 않던 일제치하의 컴컴한 어둠속에서 실낱같은 독립의 빛을 향해 몸을 던졌던 독립투사들, 검은 장막을 깨고 나와 세계 속에 대한민국을 알리고 끝내는 독립을 쟁취한 불굴의 선조들이다. 세계지도에서 볼 때 작디작은 우리나라가 현재 내로라하는 국가들과 어깨를 나란히 하며 그 유명세를 떨치는 것도 선조들의 굳센 피가 흐르고 있기 때문일 것이다.

대한민국 헌법 전문은 '유구한 역사와 전통에 빛나는 우리 대한국민은 3·1 운동으로 건립된 대한민국임시정부의 법통과 불의에 항거한 4·19 민주이념을 계승하고'라는 문장으로 시작된다. 헌법에도 명시되어 있는 바와 같이 대한민국의 해방을 위해 애썼던 임시정부 요인들의 희생을 잊지 말고 이를 계승하여 더 나은 대한민국을 만들기 위해 노력해야 할 것이다.

Part 2

# 나와 내 주변의 사소한 이야기

# 행복한
# 수목원

《경북신문》 2019 경상북도 이야기 보따리 수기 공모전 입선 수상작

꽃망울 속에 보물처럼 숨겨 두었던 하얀 속살이 내비친다. 매섭게 몰아치던 칼바람에 굳게 닫힌 꽃봉오리가 따스한 햇살이 두드리는 소리에 살포시 틈을 보인다. 그 틈새로 온기가 스며들고 꽃망울은 세상을 향해 기지개를 켜고 형형색색의 꽃잎을 틔운다.

대구수목원의 사계절은 화려함이 있어 지루하지가 않다. 서로 얼굴 보기가 부끄러운지 시기를 달리하여 꽃이

피기 때문이다. 계절마다 각각 어여쁜 자태를 자랑하는 꽃들을 보고 있으면 괜스레 기분이 좋아진다.

물론 매서운 동장군이 방문할 때면 무지갯빛 화려함은 온데간데없어지고 쓸쓸한 낙엽만이 수목원 거리를 메우곤 한다. 그런 계절에는 메말라 가는 헐벗은 나뭇가지를 바라보러 수목원에 갈 필요가 없다는 생각이 들기도 할 것이다.

겨울의 황량한 세계 속에 숨겨진 유토피아가 있다. 바깥과 단절된 온실 속에선 전혀 다른 세상에 살고 있는 식물들이 존재한다. 따뜻한 공간으로 한 발자국 내딛으면 생동감 넘치는 초록의 풍경이 펼쳐진다.

꽃과 식물에 그다지 관심이 없었던 내가 수목원과 인연을 맺게 된 것은 어머니가 고향인 대구에 내려오면서 부터이다. 낯선 도시인 강원도 동해로 시집을 온 어머니는 모진 시집살이를 견뎌야 했다. 매서운 칼바람보다도 날카로운 세상살이를 마주하며 돌아가신 아버지를 대신하여 홀로 두 아이를 키워 나갔다.

동생이 사회생활을 위해 떠난 후 나는 어머니가 고향에서 새로운 삶을 사시길 바랐다. 꿈결과 같이 포근하고 따사로운 곳이 고향이라지만 20여 년을 떠나 있던 곳에 다시 돌아간다는 건 어머니께 쉬운 일은 아니었다. 하지만 자식 이기는 부모 없다고 아들의 끈질긴 설득 끝에 어머니는 결국 대구로 이사를 가셨다.

어머니가 새로 마련한 터전은 대구수목원 근처의 아담한 아파트였다. 한동안 나가 있던 해외에서 돌아와 지금의 직장에 입사하기까지 3개월 남짓했던 기간 동안 그곳에서 어머니와 함께 지내게 되었다.

지난 세월을 돌이켜본다. 쉬지 않는 말처럼 스스로를 채찍질했던 지난날의 여정이었다. 가족끼리 여행 한 번 간 적 없었고 어머니는 생계에 쫓겨 한시도 편히 쉬질 못했다.

오랜만에 어머니와 수목원으로 산책을 나가 본다. 어머니는 이사 후에 혼자서 이곳에 자주 왔었던 모양이다. 이정표도 없는 산길을 따라 나무가 우거진 미궁의 숲속으로 성큼성큼 발을 내딛는다. 나뭇잎에 가려져 해가 들지 않는 어둑한 길에서 어머니의 뒤를 쫓아 한참을 걸어갔다. 이윽고 수목원을 둘러싼 철조망들이 보이고 그 사이로 산길의 종착지인 수목원 쪽문이 나온다.

도둑고양이처럼 슬그머니 철문을 열고 수목원에 들어간다. 무질서한 야생의 산길과 다르게 깔끔하게 정리된 수목으로 장식된 길들이 우리를 맞아 주었다.

길을 걷는다. 따뜻한 어머니의 손이 내 손을 감싼다. 오랜만에 아들과 함께 나들이해서 기분이 좋으신 것 같다. 그동안 일이 바쁘다는 핑계로 집에 자주 오지 못했다. 그러던 중 1년 정도 해외로 가 버리기까지 했으니 아들과 함께하는 순간이 무척이나 반가웠을 것이다.

손바닥에 닿은 어머니의 손은 삼베처럼 거칠다. 군데군데 박혀 있는 마음속 응어리처럼 딱딱한 굳은살들은 그간 어머니가 어떤 인생을 살았는지 말해 주고 있었다.

나뭇가지들 사이로 잎을 훑고 지나가는 바람소리가 청량하게 들린다. 그동안 앞만 바라보고 가느라 듣지 못했던 주변의 소리가 들려오는 듯했다. 힘든 시간을 거쳐 우리 가족도 이제야 여유를 즐길 수 있게 된 것이다.

즐거운 시간은 상대적으로 빨리 지나간다. 어머니와 수목원 산책을 즐기다 보니 새로운 직장을 얻게 되었고 또 다시 이별의 시간을 맞이하게 됐다. 직장 근무지 발령으로 속초, 서울을 거쳐 전북 완주까지 가게 되었다. 몇 차례의 발령으로 어머니를 뵙기 힘들게 됐고 자연스레 수목원을 산책하던 기억 또한 과거의 추억이 되었다.

조그마한 새싹이 꽃을 피워 세상을 유혹하고 절정에 달한 결실은 땅으로 떨어져 새로운 시작을 준비한다. 수목원이 계절에 맞추어 생명의 순환을 거듭하는 동안 내 인생에서도 결혼과 출산이라는 커다란 일들이 일어났다.

민들레 홀씨처럼 하얗고 뽀송뽀송한 아이는 우리 가족에게 무한한 행복을 주었다. 어머니는 바람 불면 날아가는 민들레 홀씨처럼 가녀린 손녀에게 무슨 일이 생길까 봐 좀 더 클 때까지 오지 말라고 하셨다. 아이를 보러 오고 싶으셨겠지만 일 때문에 자리를 비울 수 없으셨다. 결국 태어난 지 백일이 지날 무렵에야 어머니는 손녀를 만날 수 있었다.

어느 가을의 햇살을 맞으며 온 가족이 수목원 산책길에 나섰다. 아직 바깥세상이 낯선 아이는 모든 것을 바라보기 바쁘다. 꿀벌을 유혹하는 꽃들의 향연도, 분수대 사이로 뛰어노는 어린이들의 모습도 신기할 따름이다.

길을 걷는 이들의 시선이 갓난아기 티를 벗지 못한 아이에게로 향한다. 만개한 초록 속에 어우러진 어린 뽀시래기는 바라보는 것만으로 사람들을 행복하게 만든다.

유모차를 세우고 벤치에 앉아 경치를 바라본다. 목련꽃을 닮은 순백의 드레스를 입은 여인과 수레국화색 정장이 어울리는 남성이 수목원에 입장한다. 웨딩 촬영을 하려고 온 커플인 듯하다.

청춘의 풋풋함을 한껏 자랑하는 그들 덕분에 수목원은 화려한 식장으로 변한다. 노란 꽃, 빨간 꽃은 두 사람의 만남을 응원하고 햇살은 미래를 축복하며 따스한 온기를 전한다.

모든 이들의 행복이 녹아드는 대구수목원은 예전에 쓰레기 매립장이었다고 한다. 녹음이 깔린 생명 가득한 대지 아래 인간들이 만든 찌꺼기들이 엉겨 붙어 묻혀 있다니 눈으로 보고 있지만 믿기지 않는다.

수목원은 생명이 자라는 것이 불가능할 것만 같은 폐허 위에서 새로운 생명을 잉태했다. 그동안 강인한 생명력으로 수많은 꽃과 나무를 키워 냈다. 지금 이 순간에도 수목원은 찾아오는 모든 이가 행복해졌으면 하는 바람을 담아 꽃을 피워 내고 있을 것이다.

우리 가족은 새로운 시작을 수목원과 같이 했다. 어머니는 희생의 연속이었던 과거에서 벗어나 자신을 위한 삶을 시작하셨다. 세상에 발을 내딛기 시작한 딸아이는 수목원 속에서 생명의 변화를 바라보며 자라나게 될 것이다.

수목원의 시작이 그러했듯 그곳은 찾아오는 모든 이들의 가슴 깊이 묻어 둔 과거 위로 새로운 싹을 틔우고 미래를 바라보는 꽃을 피울 것이다.

# 태교 여행의 의미

한국공항공사 《Airport Focus》 2019 5·6월 호 SoulTrip 게재 글

최근 황혼여행, 우정여행, 이별여행 등 여행의 테마에 따라 다양한 파생어가 생겨났다. 예전에는 '여행'이란 단어가 주는 설렘에 다른 수식어는 필요 없었다. 하지만 시대가 변함에 따라 사람들은 여행에 또 다른 가치를 부여하고 있다. 어쩌면 바쁘게 돌아가는 사회 속에서 사람들은 나만의 여유를 가질 핑계를 찾고 있는 걸지도 모르겠다.

아내도 여행을 갈 수 있는 핑계를 찾고 있었나 보다. 어느 날 아내가 요즘 유행 중이라는 '태교 여행'을 가자고 했다. 태교 여행이란 산모의 몸과 마음에 휴식을 선사하고 태아의 정서 발달을 도모하기 위해 가는 여행이다. 목적에 있어 산모의 기분전환 부분은 인정하지만 태아의 정서 발달에 대해선 효과성에 의구심이 들었다. 하지만 그 말을 선뜻 입 밖에 내진 못했다.

임산부들이 통과의례처럼 가는 태교 여행을 안 간다고 했다가는 평생 쓴소리를 들을 것이 눈에 보였다. 어차피 아이가 태어나면 어느 정도 크기 전까지 해외여행을 가지 못할 것이기에 아내가 원하는 대로 하기로 했다.

막상 여행을 떠나려고 하니 목적지를 정하는 게 일이었다. 인터넷에 휴양지를 검색하면 너무 멋진 풍경 사진들만 보였다. 세상에 조물주가 낙원을 이렇게나 많이 만들어 놨나 싶었다. 고민 끝에 언젠가 직장 후배가 다녀와서 평이 좋았던 말레이시아의 코타키나발루로 여행을 가기로 했다.

아내는 호주로 신혼여행을 다녀온 지 반년도 채 되지

않아 해외여행을 또 간다는 생각에 기분이 들떠 있었다. 보물찾기를 기다리며 소풍을 앞둔 아이처럼 아내의 마음은 먼 이국인 코타키나발루에 가 있었다.

태교 여행이라는 타이틀에 맞게 우리의 여행은 '휴식'이 메인이었다. 세미 패키지여행으로 간 터라 여유 시간이 많아 하루에 한 번은 꼭 마사지를 받으러 다녔다. 아내는 평소에도 마사지 센터를 자주 다니는 '마사지 마니아'였다. 동네에 있는 마사지 센터를 전부 섭렵해 본 아내는 잠깐 마사지를 받아도 숙련된 사람인지 초보자인지 금세 알아챘다. 그런 엄격한 평가자인 아내가 마사지에 만족했다. 코타키나발루 마사지사의 노련함을 가늠해 볼 수 있었다.

몸과 마음의 여유를 즐기며 순탄히 흘러갈 것 같은 태교 여행에도 장애물이 생겼다. 바로 음식이었다. 냄새에 민감한 임산부에게 이국 음식의 이질적인 향기는 꽤나 고약하게 느껴졌을 것이다.

특단의 조치가 필요했다. 나는 한국에서 가져온 컵라면

으로 긴급처방을 내렸다. 이국의 맛깔스러운 만찬을 뒤로 하고 아내는 고국의 맛이 느껴지는 라면을 먹었다. 비록 인스턴트일지라도 고향의 맛을 맛볼 수 있다는 사실에 아내는 감격스러운 눈망울을 지었다. 음식이 맞지 않는다는 것은 그만큼 곤욕스러운 일인 것이다.

여행하는 동안 아내가 홀몸이 아니다 보니 많은 것을 해 보지는 못해 아쉽긴 했지만 적도에 가까운 나라 코타키나발루에서의 마지막 노을은 그 모든 것을 보상해 줄 만큼 아름다웠다.

코타키나발루 여행을 다녀온 지도 1년이 되어 간다. 세상의 빛을 본 지 130여 일이 지난 딸아이는 이국 여행의 기억을 가지고 있는지 모르겠다. 하지만 태교 여행이 헛되지만은 않았을 것이다. 딸아이가 환한 웃음을 가지고 태어날 수 있었던 건 태교 여행 덕택이었을지도 모른다고 잠시나마 생각을 해 본다.

# 건강하게만
# 잘 자라 주렴

《으뜸완주》 2019년 봄 호 '으뜸 육아기' 게재 글

피아노 장난감을 구매했다. 국내에서 절판되어 아내의 요청으로 중고 사이트를 통해 구매한 장난감이다. 아내의 부탁이긴 했지만 구매를 위해 완주에서 계룡으로 갈 때까지만 해도 아이가 좋아할지 걱정이 됐다.

다행히 딸아이는 새 장난감이 마음에 들었나 보다. 얼마나 좋아하는지 그동안 눈을 못 떼던 모빌에 관심조차 주지 않는다. 그전에는 모빌을 애정 어린 눈빛으로 쳐다

봤는데 너무 오래 봤는지 이젠 질렸나 보다. 아이의 관심을 받지 못한 모빌은 버림받은 연인처럼 쓸쓸히 창고로 퇴장했다.

아내는 학창시절 피아노를 전문적으로 공부했다. 불투명한 진로로 인해 대학은 다른 과로 가긴 했지만 아내는 여전히 피아노를 잘 친다. 그런 아내의 음악적 감성을 물려받았는지 아이도 피아노를 좋아하는 것 같다.

아이는 몸이 가는 대로 신나게 연주를 한다. 아무 지식 없이 연주하는 것일 텐데 들어보면 나름 음률이 있는 것 같다. 피는 못 속인다고 아내의 재능을 물려받은 것 같아 괜스레 뿌듯해졌다.

아내가 휴식을 위해 외출한 어느 날이었다. 아내는 운세를 보고 싶어 타로 점을 봤다고 한다. 아이의 진로에 대해 상담을 받던 아내는 아이가 예체능에 재능이 없을 것이라는 말을 들었다고 한다.

피아노를 공부한 아내의 피아노를 좋아하는 딸이 예체능에 재능이 없다니, 다소 충격적인 말이었다. 하지만 한편으론 아직 말도 못하는 아이에게 내가 너무 큰 기대를 가지고 있는 것 같다는 생각이 들었다.

부모로서 자식에게 기대감을 가지는 건 어쩔 수 없다지만 아이에게 중압감을 줘서는 안 될 것이다. 다시금 나의 잘못된 생각을 반성하며 아이가 건강하고 환하게 자라 주길 기도해 본다.

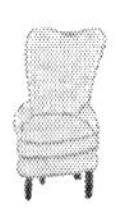

# 웍과 함께

《월간문학 한국인》 제26차 창작 콘테스트 금상 수상작

여러 금속이 부딪히며 하모니를 창조하고 요리라는 예술품을 만들어내는 주방. 우리 집의 주방에는 4개의 프라이팬이 있다. 하지만 그중에서 유달리 한 개의 프라이팬만이 오래된 역사를 지닌 것처럼 여러 곳에 긁힌 상처와 색이 바랜 자태를 가지고 시선을 끌고 있다. '웍'이라고 불리는 그것은 내가 애용하는 프라이팬으로 주방에서 나의 반려자이자 동료이기도 하다.

빛바랜 검정색을 띄고 있는 몸체에 달린 손잡이에는 세

월만큼이나 눌어붙어 씻기지 않는 요리의 흔적이 묻어 있으며, 움푹 들어간 가운데 부분은 인심 좋은 주방장 아저씨처럼 많은 재료를 포용한다. 내부 여러 곳에 긁힌 흔적은 주방이라는 전장에서 여러 재료들과 사투를 벌이며 얻은 훈장이며 겉면에 탄 흔적은 뜨거운 열로부터 재료들이 타지 않게 보호하며 적당한 온도를 전달하기 위해 얻은 영광의 상처이다.

웍은 광동 지역에서 유래한 조리 도구로 내가 쓰는 웍은 전통 스타일이 아닌 가정에서 쓰기 편하게 가볍게 개량된 웍이다. 이 외국에서 유래한 조리 도구가 어떻게 내게 왔는지는 정확히 기억은 나지 않는다. 아마도 지금 살고 있는 아파트에 처음 입주했을 때 어머니가 챙겨 주셨던 조리 기구들 중 하나였으리라.

아버지를 일찍 여의고 홀로 두 자녀를 키워내신 어머니는 생계유지로 인해 바쁜 와중에도 우리 남매의 식사를 꼭 챙겨주셨다. 나 또한 생계유지만으로도 어깨가 무거운 어머니의 짐을 조금이라도 덜어드리고자 어릴 적부터 주방에서 어머니의 보조를 하는 일이 잦았으며 그로 인해 본의 아니게 조리 실력이 늘어나게 되었다. 출중해진 실력을 바탕으로 성인이 되어 자취를 하는 동안 아들에 대한 걱정은 하지 마시라고 요리 실력을 어머니에게 뽐내보기도 했지만 어머니는 여전히 다 큰 자식이 걱정되시는지 이것저것 챙겨주기에 바쁘셨다.

웍도 직장에 입사 이후 여러 지역에 발령을 받다가 지금 거주하고 있는 지역에 정착하면서 사택에서 아파트로 이사 갈 때 어머니께서 챙겨주신 조리기구 중의 하나이다. 혼자 사는 아파트에 많은 조리기구가 필요하진 않았지만 어머니께서는 아들이 혹여나 굶고 다닐까 봐 걱정이 되셨던지 여러 물품들을 보내주셨다. 그리하여 어머니가 쓰시던 웍도 내게 오게 된 것이다. 어머니와 함께 우리 남매의 식사를 책임지던 웍이 이제는 나와 함께 주방에서의 합을 맞추게 되었다.

흔히 웍이라고 하면 중국집 주방장의 현란한 스냅과 함께 재료 위로 치솟는 불길을 떠올릴 것이다. 똑같은 재료라도 불의 세기와 가열 시간에 따라 맛도 식감도 달라지는 중화요리와 같이, 여러 곳에서 여러 사람을 경험을 하다 보니 결국은 인간관계도 요리와 같다고 느껴진다.

약한 불에 오랫동안 익힌 재료들이 씹기에도 편하고 소화가 잘 되듯이 오랜 시간을 들여 관계를 유지해 온 사람들은 속마음까지 털어놓을 수 있을 정도로 편한 맛이 있고, 강한 불에 살짝 볶은 재료들이 본연의 맛과 아삭한 식감을 주는 것과 같이 새로운 인연들은 관계를 맺기 위해 강한 불과 같이 시간이 초반에 많이 들어가지만 새로운 관계로부터 받는 참신하고 아삭한 느낌이 있다.

또한, 너무 오랫동안 가열하면 타 버리는 요리와 같이 사람과의 관계에 있어서도 일방적인 열정은 인간관계를 타 버리게 한다. 아무리 좋은 관계라도 적당한 거리를 유지하며 은은한 열기를 유지해야 관계가 오래 지속된다.

나에게는 오랫동안 연락하고 지낸 대학 동기생이 3명이 있다. 오랫동안 연락하고 지냈다고 하지만 어쩌다 안부를 물을 정도로 자주는 연락하지 않는 우리는 얼마 전까지만 하더라도 1년에 한 번씩 여행을 가기도 했었을 정도로 친한 관계를 유지하고 있다.

남들에게 쉽사리 하기 힘든 마음속의 진솔한 이야기를 하는 우리가 이렇게 오랫동안 관계를 유지시킬 수 있게 된 것에는 적당한 거리를 둔 것이 큰 역할을 했을 것이다. 우리가 만약 너무 자주 서로에게 연락을 하고 서로의 일에 간섭을 했으면 웍 위에서 강한 불에 오랫동안 볶인 재료처럼 서로를 타 버리게 만들었을 것이고 관계도 타 버린 재료같이 씁쓸한 맛을 내게 됐을 것이다.

하지만 적당한 거리를 둬서 서로의 열기를 줄이고 오랫동안 가열을 가능하게 하여 속 깊은 이야기도 할 수 있을 만큼 소화가 잘되는 요리와 같은 관계를 유지할 수 있었다. 앞으로도 서로 간의 온기를 조절하는 것이 우리 관계를 유지하는 데 있어 큰 숙제라고 할 수 있겠다.

반면, 나와 내 아내의 경우는 웍 위에서 강한 불에 볶아 익힌 재료와 같은 관계였다. 지인의 소개로 만난 우리는 1년도 채 안 되는 연애를 통해 결혼을 하게 되었다. 내

아내가 나와 결혼을 결심하게 된 이유 중 하나는 나의 내조와 요리에 반해서라고 한다. 강한 불에 익히는 것처럼 어머니의 어깨너머로 배운 요리 실력을 바탕으로 아내에게 집중적으로 요리를 해 주었고 그로 인해 일에 지쳐 힘들어하던 아내의 마음의 틈을 열고 들어갈 수 있었다.

그런 아내가 좋아하는 요리는 까르보나라이다. 파스타를 이용한 요리 중 하나인 까르보나라는 하얀 크림을 바탕으로 하는 요리로서 고소함과 하얀색을 유지하는 것이 중요하다. 마늘, 양파, 베이컨 등 들어가는 재료들은 제각각 다른 맛을 가지고 있지만 조리 후에는 같은 색을 띄며 한데 어울리는 맛을 지닌 요리로 재탄생한다.

까르보나라를 요리함에 있어 특유의 하얀색을 유지하기 위해 색깔이 튀는 재료는 사용하지 않는 것처럼 조직에서도 조직의 색을 유지하기 위해 성향이 맞는 사람들끼리 있어야 하는 것 같다. 모두가 향하는 바와 다른 의견을 가진 조직원이 있을 경우 그 조직이 앞으로 나아가기란 쉽지 않다. 결국 전체의 의견 합의를 위해 여러 난항을 겪는 것처럼, 까르보나라를 만들 때 하얀색을 내기 쉽게 비슷한 색의 재료를 사용하듯이 성향이 맞는 사람들을 조직의 구성원으로 들이는 것이 조직을 원활하게 유지하는 데 있어 중요한 역할을 한다고 생각한다.

나는 그동안 웍과 함께 만들었던 요리로 여러 사람들을 만났던 것 같다. 결혼 전 아파트에서 혼자 사는 동안 많은 지인들이 집들이를 왔다. 어느 날은 20여 명의 지인들이 집에 왔다 갔던 적도 있었으니 집들이가 아니라 잔치라 해도 무방했을 것이다.

그 당시 집들이를 연속으로 해 보겠다고 5일 연속으로 약속을 잡았을 때는 왜 그랬나 싶을 정도로 힘들어서 후회가 되긴 했다. 매일 자정 즈음 손님들이 떠나고 나면 다음 날 손님맞이를 위해 재료 손질과 설거지와 청소를 하고 잠깐의 수면 이후 바로 출근을 해야 했다. 4시간밖에 수면을 못하는 상황이 이어지다 보니 성급히 약속을 잡은 것에 대한 후회가 밀려오기 시작했지만 그런 악조건에서도 나는 내가 자주 사용하던 웍과 함께 손님 접대의 임무를 충실히 수행했다.

탕수육, 치킨, 양장피, 파스타 등 수많은 침샘을 자극하는 요리들이 웍 위에서 탄생하였으며 손님들과의 즐거운 시간을 만들어 냈다. 음식이 나올 때마다 사람들의 흥은 올라갔으며 서로의 관계도 돈독해졌다. 웍은 그야말로 인간관계를 제조하는 중매쟁이의 역할을 한 것이다.

나와 같이 여러 인연을 만들어 낸 웍은 이제 새로운 손님을 맞이하게 되었다. 지난 9월 사랑스러운 딸이 세상의 빛을 보게 되면서 가족이 늘어나게 된 것이다. 어머니가 그랬던 것처럼 나도 아이에게 웍과 함께 사랑을 담은 음식들을 해 줄 것이다. 웍과 함께 딸아이와 즐거운 나날을 만들 수 있을 것이라 믿어 의심치 않는다.

## 현 시대를 살아가는
## 좋은 아빠의 조건

《월간문학 한국인》 제26차 창작 콘테스트 금상 수상작

'아빠'라는 어색하기만 한 단어가 이제는 나를 지칭하는 말이 되었다. 이제 세상에 갓 나온 딸아이에게 자랑스러운 아빠가 되기 위해 현 시대를 살아가는 좋은 아빠의 조건에 대해 생각해 보았다.

세대가 바뀌면서 아빠의 모습도 바뀌는 것 같다. 부모님 세대의 아빠는 가족의 생계를 위해 한 몸 바쳐 일을 하지만 가정에는 다소 소홀한 가부장적인 모습이 일반적이었다. 하지만 요즘 시대의 좋은 아빠는 돈도 벌어 오면서 가정에도 소홀하지 않아야 된다. 예전처럼 사회적 지위를 쫓아 야간에 잦은 술자리를 갖고 가정을 멀리하다가는 가정 속에서 자신이 서 있을 자리가 없어지기 십상이다.

내가 신혼일 때 선배들이 '아내들은 초반에 길을 잘 들여야 한다'고 충고했던 것이 생각난다. 밀고 당기는 연애를 하는 것처럼 집안일도 계속 도와주는 것이 아니라 어쩌다 해 줘야지 고마워한다며 집안일을 도외시해도 되는 환경을 만들고 경제권을 쟁취하는 것이 성공적인 결혼생활의 첫 단계라는 것이었다.

이전의 가부장적인 가치관에서 남자는 집안일을 하면 안 되는 존재였다. 나 또한 가까이 살던 할아버지댁에 갈 때마다 그러한 가부장적인 문화를 경험하곤 했다. 집에서는 어머니의 주방 일을 줄곧 돕던 나였지만 할아버지댁에 갈 때마다 나는 안방에서 있어야 했으며 주방 일을 도우려고 하면 괜히 핀잔만 듣기도 했었다.

하지만 세상은 변했다. 여성의 사회적 진출이 일상화되었으며 양성평등에 관한 사회적 가치관도 정립되고 있다. 예전과 같이 가부장적인 마인드를 가진 사람들은 살아가기 힘든 세상이 된 것이다.

그런 세상 속에서도 사회적 지위와 회사 동료들과의 관계 형성을 위해 집안에 소홀하고 술자리만 쫓아다니는 사람들이 있다. 하지만 직장에서 퇴직하고 그동안 믿던 사회적 지위도 없어졌을 때 그들은 집안에서 설 위치가 없어졌으며, 애물단지로 전락해 버린 경우의 이야기를 여럿 접한 바가 있다.

멋진 아빠의 조건도 이러한 사회적 변화와 맞물려 변화하는 것 같다. 시대가 바라는 멋진 아빠의 조건 중 하나는 요리 실력을 갖추는 것이다. '요섹남'이라는 단어를 들어 본 적이 있었을 것이다. 똑똑한 남자를 뜻하는 '뇌섹남(뇌가 섹시한 남자)'이라는 단어에서 파생된 '요섹남(요리를 잘하는 섹시한 남자)'은 기성세대들의 남성들에게는 요구되지 않던 좋은 아빠의 덕목이다.

나의 경우에는 요섹남이라는 트렌드의 혜택을 본 경우다. 어린 시절부터 어머니의 주방 일을 돕던 것도 있지만, 대학생 시절 자취 생활을 하며 여러 요리를 시도하느라 늘어난 요리 실력으로 인해 여느 여학우들보다 맛있는 요리를 만들었었다.

아내와 나는 연애 기간이 1년이 채 되지 않는다. 어른들의 소개로 만난 까닭에 결혼까지 막힘이 없었기도 했지만, 아내가 자취를 할 때 여러 음식을 만들어 준 것이 아내의 마음을 얻는 데 큰 역할을 하지 않았나 싶다. 아내는 내가 해 준 음식들을 맛있게 먹어 주었으며 나 또한 그런 아내가 사랑스럽게 느껴졌었다. 결혼을 한 지금도 집에서 요리는 내가 거의 담당하고 있으며, 아내는 옆에서 음식을 배우거나 간을 보는 역할을 하고 있다.

기성세대의 눈에는 그런 내가 탐탁지 않게 보일 수도 있다. 하지만 지금 세대의 주방은 아내들의 전유물이 아니다. 이제는 아빠들도 주방과 친해져야 아내와 자식들로부터 사랑받을 수 있을 것이다. '요섹남'이라는 단어가 그냥 생겨난 것만은 아니라는 걸 한 번쯤 생각해 보아야 한다.

내가 생각하는 또 하나의 좋은 아빠의 덕목은 가족과 함께 시간을 가지도록 노력하는 것이다. 다만 가족과 시간을 보내는 것을 잘못 해석하여, 아빠는 게임을 하고 엄마는 드라마만 보며 서로 얼굴도 보지 않은 채 같은 공간 아래에서 시간만 보내서는 안 된다. 가족과 함께 시간을 보낸다는 것은 서로 같이 무언가를 같이 하며 교감을 하는 시간을 가지는 것이다.

기성세대들의 가족을 위하는 길이란 돈을 벌고 사회적 지위를 얻어 오는 것이었다. 그 와중에 가족과 저녁을 함께 보내는 시간이 줄어드는 건 당연한 일이었으며, 아버지는 마주치기 힘든 존재가 되어야 했다.

하지만 요즘은 막연히 사회적 지위만을 좇는 것이 아니라 자신을 위한 시간, 가족을 위한 시간을 갖는 것이 중요한 가치가 되었다. 이로 인해 태어난 것이 '주 52시간 근로, 워라밸(Work and Life Balance)'라는 단어로 대표되는 사회적 현상이다.

직업에 대해서도 가치관이 많이 바뀌어 가고 있다. 공무원 시험에 엄청난 수의 응시자가 몰리는 것을 보더라도 요즘 젊은이들이 생각하는 직업관을 알 수 있다. 공무원이라는 직업이 안정적인 것도 있지만 흔히 말하는 '저녁 있는 삶'이 가능하다는 것 때문이라고도 생각한다.

나 또한 사회적 지위와 가족과의 삶 사이에서 선택의 기로에 놓인 적이 있었다. 올해부터 진급 시험에 응시할 수 있었는데 진급 시험이란 것이 응시한다고 다 되는 건 아니지만 만약 시험에 합격을 하면 사회적 지위와 월급은 올라가지만 전국으로 발령을 받을 수 있다는 문제가 있었다.

기러기 아빠가 된다는 것이 이제 곧 태어날 딸아이에게 죄를 짓게 되는 것처럼 느껴졌다. 나는 지금 직장에 일하기 전, 군에 몸을 담은 적이 있다. 육군 장교로서 복무하는 동안 주변 간부들을 보건대 가정생활이 그리 순탄하진 않아보였다. 운이 나쁘면 1년을 채 못 채우고 근무지를 옮기는 일이 허다한 장교들은 나라는 지켰지만 정작 자신의 가정을 지키지 못하는 상황이 비일비재했다.

예전의 군인 가족은 아빠를 따라 이사를 다녔지만 이제는 엄마들이 사회 진출을 하게 되었으므로 직장을 그만두지 못하는 문제 때문에 기러기 아빠 생활을 해야 하는 경우도 생겼다. 전술 훈련을 들어가면 한 달 동안 집에 못 가는 상황도 생기는 군인들에게 기러기 생활은 가정에 치명적인 결과를 초래하기도 했다.

사회 초년생으로 기러기 아빠들이 파국을 맞는 상황을 직접 본 나로서는 가정을 포기하고 사회적 지위를 쟁취하는 것이 옳지 않다고 생각했다. 내가 전역을 결심하게 된 건 과도한 업무 탓도 있지만 가족과 함께하는 삶을 살고 싶었기 때문이었다.

직장의 주변인들로부터 승진 시험을 보라는 권유가 잦아 아내와 진지하게 상담을 했었다. 아내는 아기에게는 아빠가 필요하므로 경제적으로 부족하면 자신이 도울 테니 진급을 서두르지 말자고 하였다. 나 또한 그에 수긍하고 승진 시험을 보지 않기로 했었다.

승진 시험을 권유하는 분 중 한 명은 나중에 아이들이 크면 아빠 직업과 직위를 서로 물어본다며 애들이 부끄럽지 않게 하기 위해서라도 진급을 해야 된다고 말했다. 하지만 그 대가가 가족과의 시간이라면 신중히 고려해 봐야 한다고 생각한다. 마냥 직위만 높다고 아이들이 자랑스러워할지 의문스럽기도 하다.

그래서 젊은 직원 중 기혼자들을 보면 진급에 목숨 걸기보다는 요즘 말하는 워라밸을 지키며 가정에 충실하고자 하는 모습이 많이 눈에 띈다. 가족과의 시간까지 회사에 쏟아 부어 진급을 하고 사회적 지위를 올리기보단 가족과 시간을 함께 보내고 싶다는 생각을 젊은이들이 가지고 있는 것이다.

위에서 말한 내가 생각하고 있는 좋은 아빠의 덕목인 '요리 능력 갖추기', '가족과 시간 보내기'는 지금 시대를 살아가는 아빠들에게 요구되는 사항이라고 생각한다. 시대가 변화하는 만큼 아빠들도 사회가 요구하는 방향으로 바뀌어야 한다. 언젠가 길가를 거닐다 버스 광고로 보았던 '도와주는 아빠에서 함께하는 아빠로'라는 슬로건이 그 사회적 요구를 대변해 주고 있었다.

딸아이를 위해 나도 '함께하는 아빠'로 거듭나려 한다. 우리 딸아이에게 행복한 기억을 줄 수 있는 그런 아빠가 되기 위해 노력해 보고자 한다. 이 세상의 모든 아빠들도 가족에게 행복한 기억을 심어 줄 수 있는 아빠가 될 수 있기를 바라 본다.

# 다양성이 존중되는 사회를 꿈꾸다

2018 공주시 전국 문예창작 공모전 생활글 부문 차하 수상작

한국 남자들이 가장 심각하게 받아들이는 신체 현상 중 하나가 무엇일까요? 바로 탈모입니다. 탈모인 천만 시대, 바람만 스쳐도 낙엽처럼 스러지는 머리카락 앞에서 한없이 작아질 수밖에 없는 저 또한 탈모인 중 한 사람입니다.

알고 지내던 시의원님의 소개로 만난 제 아내는 처음 저를 봤을 때 머리 때문에 살짝 놀랐다고 합니다. 제 성격과 마음 씀씀이가 마음에 들어 결혼까지 하게 되었다는 아내는 저의 외모보다는 내면을 바라봐 준 고마운 사람입니다.

하지만 그런 아내조차도 주변의 시선을 피할 수는 없었습니다. 자신의 눈에는 한없이 좋은 남자였지만 남들의 눈에는 내면이 아닌 외면이 우선 비춰질 수밖에 없었고, 저 또한 저로 인해 흠 잡히는 것은 싫었기에 결혼 전에 우리는 가발을 맞추기로 했습니다.

제 자신에 대해 당당해야 된다는 생각을 갖고 있는 저는 탈모가 있다고 해서 그것이 부끄러워 모자를 쓰고 다니지 않았으며 지금도 회사에 출근할 때 있는 그 모습 그대로 다니고 있습니다. 탈모가 자랑은 아니지만 있는 그대로 받아들이고 자연스레 다니고 싶었습니다. 하지만 아내의 사회적 위신 때문에 아내에게 부끄러운 남편이 되고 싶지는 않아서, 그만큼 아내를 사랑하기 때문에, 사용하기 싫지만 지금도 처가 행사나 아내의 친구들을 만날 때는 가발을 쓰고 갑니다.

그렇게 해서 결혼식을 위해 맞추었던 가발은 저에게 〈오페라의 유령〉의 주인공인 팬텀이 쓰던 가면이 되어 버렸습니다. 가면 속에 가려진 흉측한 얼굴로 인해 자신의 음악적 천재성을 외부로 드러내지 못하는 팬텀, 크리스틴과의 사랑 또한 이룰 수 없었던 팬텀은 탈모로 인해 자기 자신을 인정받지 못하고 사랑 또한 쟁취하기 힘든 대한민국의 탈모인의 처지와 같다는 생각이 들었습니다.

예전에 1년 정도 호주에서 지내면서 머리를 삭발에 가깝게 하고 다녔었습니다. 한술 더해 한쪽 면에는 세 줄의 스크래치까지 낸 한국에서는 평범하지 않은 머리 스타일이었지만 그곳에서는 누구 하나 이상하게 쳐다본 적도 없었고 일하던 곳에서도 머리 스타일로 지적받은 적이 없었습니다. 탈모인에게도 관대했던 호주는 직업의 사회적 인식 또한 한국과는 달랐습니다.

흔히 우리나라에서는 사람을 만나면 '뭐 하는 사람'인지를 먼저 물어봅니다. 사람의 가치를 규정하는 데 그 사람의 직업이 크게 작용하는 것입니다. 그리 긴 시간 있지는 않았지만 호주에서는 제 직업이 변변찮아도 직업이 좋은 어느 누구와 술 한잔 하며 대화를 나누는 데 있어 아무 제한이 없었습니다. 다양성이 존중되는 사회를 몸소 느꼈던 시간이었습니다.

호주에서는 물가가 비싸다 보니, 중이 제 머리를 못 깎는다는 말이 무색하게 이발기를 이용해서 스스로 머리를 자르고 다녔습니다. 그 당시 한국에서는 원빈이 주연을 맡은 <아저씨>라는 영화가 인기였는데, 극중에서 원빈이 납치된 소녀를 찾기 위해 마음을 다잡으며 셀프로 이발하는 장면이 있었습니다. 같이 일하는 한국인 중 한명이 화장실에서 셀프로 이발하던 저를 보며 "원빈이 하면 영화 속 '아저씨'인데, 네가 하니까 리얼 '아저씨'다"라며 깔깔 웃던 게 생각납니다.

의도된 연출은 아니었지만 영화에서 보여 준 원빈의 이미지가 워낙 강렬하다 보니 대조가 되었던 것일 테지요. 단순히 머리를 미는 행동이었지만 그 장면에 대한 이미지가 사람들의 머릿속에 각인되어 있다 보니 그 또한 선입

견이 생겼던 것입니다.

생각해 보면 고3 때 처음 생긴 탈모가 갑자기 심해진 것은 군대에 있는 동안이었던 것 같습니다. 인사 장교와 본부 중대장을 겸직하며 과중한 업무로 인해 주말에도 하루에 4시간만 자며 일하는 강행군으로 스트레스를 받다 보니 어느새 탈모가 심하게 진행되어 있었습니다. 먹고살겠다고 일에 열중하다 보니 관리를 제때 못해서 얻은 탈모는 어찌 보면 제가 치열하게 살아 온 삶의 흔적입니다.

곰곰이 생각해 보면 우리나라 연예인 중에 탈모가 있는 자연스러운 머리로 나오는 사람은 거의 없는 것 같습니다. 해외에서는 제이슨 스타뎀이나 브루스 윌리스같이 기라성 같은 유명 배우들도 탈모가 있지만 자연스러운 모습으로 연기를 합니다. 우리는 그들이 가발을 쓴다거나 흑채를 뿌리고 다니는 것을 상상해 본 적이 없었을 겁니다.

탈모에 국한해서 이야기하기는 했지만 우리 사회는 다양성을 받아들이는 것에 아직 부족한 면이 있는 것 같습니다. 예전보다 나아지긴 했지만 아직도 사람들은 자신과 다른 것에 대해 이해하고 받아들이기 어려워하는 것 같습니다. 사회 전반적으로 일어나는 불신과 소통 부재의 문제는 이러한 다양성에 대한 이해 부족의 연장선이 아닐까 싶습니다.

자신과 다른 것에 대해 조금만 더 이해하는 마음으로 포용한다면 세상이 좀 더 아름다워지지 않을까 생각이 듭니다. 모두가 서로를 이해하고 서로가 당당해지는 날이 도래하였으면 좋겠습니다. 그렇게 된다면 저도 가발을 쓰고 않고도 아내의 지인들 앞에 서는 그런 날을 맞이할 수 있지 않을까요?

## 마음을 담고 사랑을 더한 실버바 생일 선물

《월간 화폐와 행복》 2019년 3·4월 호 KOMSCO 공감마당 게재 글

어머니의 생신이 다가왔다. 무얼 선물하면 기뻐하실까? 평범한 선물보다는 색다른 무언가를 드리고 싶었다. 생신 날짜는 야속할 만큼 빨리 다가왔고 고민은 더해 가는 도중 머리를 식힐 겸 TV를 틀었다.

마침 영화에서는 골드바가 가득한 금고를 악당들이 탈취하는 장면이 나오고 있었다. 불현듯 아이디어가 떠올랐다. 영화 속에서만 보던 골드바나 실버바를 선물로 드리면 어떨까? 해답을 찾은 것 같았다.

인터넷을 검색했다. 당연한 얘기지만 이상과 현실은 다른 법. 얇은 지갑 속의 현실과 타협하며 골드바 대신 실버바를 구매하기로 했다.

인터넷에는 여러 회사의 실버바가 있었고 가격도 모양도 조금씩 달랐다. 공신력 있는 기관에서 인증받은 제품을 구매하고 싶었다. 그때 한국조폐공사의 인증마크가 새겨져 있는 실버바가 눈에 딱 들어왔다.

멋진 그림들이 그려져 있는 다른 실버바도 충분히 매혹적이었지만 조폐공사 인증마크는 그 이상의 가치를 전달해 주는 것 같았다. 그 어떤 문양과 마크보다도 실버바에 새겨진 '한국조폐공사'라는 글자가 빛나 보였다.

생일날 실버바를 받은 어머님은 신기한 듯 살펴보며 고맙다고 말은 했지만 약간 시큰둥한 반응을 보이셨다. 아마 실버바의 투박한 모양 때문일 것이다. 직사각형의 묵직한 금속 덩어리는 아름답게 세공된 귀금속처럼 여성의 마음을 흔들기는 부족했나 하는 생각이 들었다.

어머니의 생일은 그렇게 지나갔다. 그 후 나는 인사발령으로 타지에서 생활하다 운명의 짝을 만나 결혼을 약속하게 됐다. 이윽고 우리 가족은 전주의 한 식당에서 상견례를 가졌다.

상견례장에서 어머니는 본인이 결혼할 때부터 오랜 세월 보관해 왔던 패물들을 이때를 위해 모아 두셨다는 듯이 꺼내 놓으셨다. 그 가운데에는 내가 선물해 드린 실버바도 있었다. 생일 당일 내색은 하지 않으셨지만 마음속으로는 실버바 선물이 흡족하고 귀중했다는 뜻일 게다.

어머님의 생일 선물이었던 실버바는 지금 우리 집 패물함에 고이 모셔져 있다. 아들이 마음을 담아 드린 선물을 어머님은 사랑을 더해 다시 주셨다. 온기가 더해진 실버바는 내겐 골드바 이상의 가치를 지니게 되었다.

언젠가 나도 자녀들이 결혼하는 그런 날을 맞이하게 될 것이다. 그때가 온다면 나 또한 어머니가 그랬듯 실버바를 주려고 한다. 마음을 담고 사랑을 더한 실버바에서 아이들이 가족의 따스함을 느낄 수 있었으면 좋겠다. 그 따스함으로부터 가족의 소중함을 배우고 각자의 가정을 화목하게 이끌어 나갈 수 있길 바라 본다.

# 빛나는 졸업장을 타신 어머니께

《문학광장》 제72기 신인작가 공모전 수필 부문 신인문학상 수상작

우리 집에는 보물이 하나 있다. 남들이 보기엔 별것 아닌 것이지만, 나와 어머니에게는 소중한 결실이자 보물인 물건이 있다. 바로 어머니의 대학교 졸업장이다.

남들에게는 단지 종이 한 장의 의미밖에 없을지도 모르지만 우리 가족에게는 그 한 장을 받기 위해 걸어왔던 세월의 무게만큼 더없이 무겁고 소중하게 느껴지는 증서이다.

전업주부였던 어머니는 아버지의 별세로 갑작스레 삶의 현장으로 나오게 되었고 보험설계사부터 공공근로, 음식점 운영까지 참으로 여러 일을 하시며 생계를 잇기 위해 노력하셨다. 두 자식들을 먹여 살린다고 몸을 돌보지 못하시고 일만 하신 터라 몸이 많이 상하신 어머니는 아프신 와중에도 배움의 끈은 놓지 않으셨다. 손재주가 좋으셨던 어머니는 여성회관에서 여러 강좌를 들으셨고 그중에 적성이 맞았던 도자기 공예에서 두각을 드러내어 공예 대회에서 수상하시기도 하셨다.

그런 재능 넘치는 어머니가 다른 무엇보다 진정으로 가고 싶었던 곳은 학교였다. 마음만 먹으면 갈 수도 있었지만 시청 공무원이셨던 할아버지의 며느리였기에 동네 사람들이 많이 알아보는 터라 위신을 따지는 할아버지에게 학력 낮은 며느리가 학교 다니는 게 누가 될까 봐 배움에 불타는 마음을 억누르고 살아오셨다.

어느덧 세월이 지나 갓난아기였던 동생이 고등학교를 졸업하고 대학교에 진학하게 되었다. 나는 이미 대학교

진학 이후 독립하여 따로 살고 있었던지라 동생이 고등학교를 졸업함과 동시에 집에는 어머니 혼자 남게 되었다.

아버지 하나만을 바라보고 친정인 대구를 떠나 아무 연고 없는 강원도 바닷가로 시집와서 오직 자식만을 위해 사셨던 어머니를 이곳에 놔두고 싶지는 않았다. 그래서는 안 된다고 생각했다. 이제 어머니도 어머니의 인생을 살게 해드려야 된다는 생각이 들어 외가 식구들이 있는 대구로 이사하실 것을 제안하게 되었다. 어머니는 처음에 이사 가는 것을 주저하셨다. 아마도 너무 먼 시간 떠났었던 고향이 다시 돌아가기에는 낯설게 느껴져서 그랬을 것이다.

"어머니, 남아 있는 시댁 식구들 걱정은 더는 하지 말고, 이제 고향으로 돌아가셔서 이제부터는 어머니의 인생을 사세요."

몇 번의 설득 끝에 이사를 주저하던 어머니는 대구에 있는 큰이모집 근처로 이사하게 되었다.

경북 의성 시골마을 7남매 중 다섯째였던 어머니는 생계로 인해 중학교를 다 마치지 못하고 학업을 그만두었다고 한다. 아래 동생들은 고등학교를 보내 주고 본인을 포함한 손위 형제들은 학교를 보내 주지 않은 것에 심술이 나서 외할머니에게 따지기도 했다는 어머니는 넉넉하지 않은 집안 형편 때문에 결국 학업을 포기해야 했다고 한다.

오랜 세월이 지나 어머니가 다시 학교에 입학하기까지는 54년이라는 시간이 걸렸다. 처음 성인 중학교 지원을 위해 학교에 방문했을 때 어머니는 학교 가기 싫어 부모에게 투정 부리는 아이처럼 몇 번이나 학교로 들어가길 주저했던 것 같다. 하지만 완고한 아들에게 반강제로 등 떠밀려 학업을 시작한 어머니는 중고등학교 졸업까지 만 4년을 주간에는 학교에서 수업을 듣고, 야간에는 음식점에서 일을 하는 강행군을 이어 가셨다. 자식뻘의 학생들도 일과 학업을 동시에 이어가는 중압감을 이기지 못해 포기를 하는 상황에서도 어머니는 묵묵히 학업을 이어

나가셨고, 성인 중고등학교를 단 한 차례의 휴학도 없이 졸업하셨다.

졸업만으로도 대단한 성과였으며 어려운 여건 속에서도 공부하는 어머니가 어느 누구보다도 자랑스럽게 여겨졌다. 대학 진학 결정 후 나이 들어서도 활용할 수 있을 것 같다는 이유로 선택하셨던 사회복지학과는 나름 적성이 맞으셨던지 재미있게 공부를 하셨다. 어린 대학생들과 학교를 잘 다닐 수 있으실지 걱정했었는데, 다행히 이전에 다니셨던 성인 중고등학교가 일반 고등학교 부설교육기관이다 보니 일반 학생들과 학교를 다녔던 경험이 쌓였던 모양이다. 그 덕에 덜 낯설어하셔서 다행이었다.

그러고 보면 나 또한 배움의 길에 있었던 어머니의 모습을 보며 나름 열심히 살아왔던 것 같다. 어려운 환경 속에서 엇나갈 순간은 여러 번 있었지만, 어머니가 열심히 사는 모습을 보며 마음을 다잡고 지냈다. 부담을 지우고 싶지는 않아 가고 싶었던 사립대 진학을 포기하고, 국립대로 진학하여 보낸 대학생활이었지만 열심히 지내 왔기에 얻은 것이 많았던 것 같다. 지금까지도 어머니처럼 배움에 뜻을 둔 결과 나름 다수의 자격증을 취득하고 여러 공모전에서 수상을 하게 되었고 지금은 어엿하게 공공기관에 적을 두고 일을 하고 있다.

가끔 나는 왜 그렇게 악착같이 엇나가지 않고 지내려고 했는지 생각을 해 본다. 항상 내가 엇나갈 기로에 서 있을 때 내 앞에는 열심히 살고 있는 어머니가 계셨고, 그 모습이 나를 바로잡아 줬었다. '부모는 자식의 거울이다'라는 말처럼 어머니는 내가 바라보던 거울이었던 것 같다.

최근에는 학업에 관심이 없어 전문대학을 겨우겨우 졸업시켰던 철없던 동생이 어머니의 대학 졸업장을 보고 공부하고 싶은 생각이 들었는지, 방송통신대학교로 편입하여 학업을 이어 나가게 되었다. 공부를 싫어하던 동생이 제 발로 학업의 길에 들어서게 인도한 것 또한 어머니의 공적이라고 할 수 있을 것이다.

오랫동안 노력했던 결실을 획득한 대학교 졸업식에서 어머니는 자신의 꿈이 이렇게 실현될 줄 몰랐다고 한다.

학업은 어머니에게 그저 이룰 수 없는 한낱 꿈에 지나지 않았으며, 그런 꿈을 이룰 수 있게 학업의 길로 이끌어 준 내게 고맙다고 하셨다.

대학 졸업 후에 어머니는 외가 어른들 중 가장 학력이 높은 사람이 되었다. 학업을 하는 동안 나이 들어서 편하게 살지 그걸 왜 하고 있냐고 핀잔을 주었던 작은이모도 "나도 언니 따라 공부나 해볼까"라는 말을 할 정도로 어머니의 도전은 주변의 인식을 바꾸어 버렸다.

어머니의 도전은 대학 졸업장에서 끝나는 것이 아니라 이제 새로운 출발선에 선 것이라 생각한다. 그동안 숙원하던 것을 이루었으니 앞으로는 더욱 밝은 미래가 어머니 앞에 펼쳐질 것이다. 어머니의 빛나는 미래를 응원해 본다.

# 할아버지의 한시(漢詩)

《문학광장》 2019년 7·8월 호 게재 글

할아버지의 취미 중 하나는 공부이다. 연세가 드셨음에도 학문 정진을 게을리하지 않으신다. 공무원 연금을 받으시며 편히 쉬셔도 괜찮을 텐데 이름만 들어도 머리가 아픈 한자와 유학(儒學)을 공부하시는 모습을 보면 대단하다는 생각이 든다.

할아버지는 인생을 살며 자기계발을 중요하게 여기셨다. 그에 걸맞게 할아버지의 책상 위에는 항상 책이 놓여 있었다. 항상 무언가를 공부하셨던 할아버지는 손자, 손녀들의 본보기가 되어 주셨다.

어린 시절 할아버지는 내 동생이 공부에 관심을 갖게 하려고 "공부하니까 재미있네"라며 소리 내어 책을 읽으셨던 적이 있다. 학문에 정진하는 본인의 모습을 보면 손녀가 따라 해 줄 것이라는 바람을 가지셨던 것이다. 하지만 자기 뜻대로 되지 않는 것이 자식 농사이다. 철없는 동생은 기대와는 다르게 "할아버지, 공부가 재미있으면 제 것도 해 주세요"라고 답해 할아버지를 당황하게 했던 적이 있다.

누구보다도 학구열이 넘쳐났던 할아버지는 학문 정진을 위해 동네 향교에 입교하여 학업을 이어 나가기도 하셨다. 할아버지댁 벽에 걸려 있는 전통 예복을 차려입고 향교에서 찍은 사진은 할아버지의 자기 수련을 향한 열정을 보여 준다.

그런 할아버지가 한시(漢詩) 창작에 빠져드셨다. 그동안 할아버지께서 했던 공부들은 자기 수양을 위한 공부였다. 성과는 중요치 않았으며 생각해 볼 필요도 없었다. 하지만 한시에 도전한다는 것은 문학의 길에 들어서는 것이다. 문학을 시작한다는 것은 자기 수양과는 엄연히 다른 영역에 발을 들인다는 것이다.

문학은 내면을 닦는다는 점에서 자기 수양과 비슷하다고 할 수 있다. 하지만 본인의 만족에 그치는 자기 수양과 달리 문학은 다른 이의 시선도 생각해야 한다. 글을 쓴다는 것은 곧 독자와의 소통을 의미하는 것이기 때문이다.

할아버지는 한시를 배우시고 자신의 실력을 가늠해 보고자 한시 공모전에 응모하셨다. 당연한 이야기겠지만 처음에는 빈번히 낙선하셨다. 자기만족으로 했던 공부와는 다르게 경쟁의 영역에서 펼치는 문학은 그 문턱이 높을 수밖에 없었다.

하지만 할아버지는 열정을 가지고 창작 활동을 이어 나가셨다. 오래지 않아 지자체에서 주최한 한시 대회에서 상을 받으셨고, 한시 인명록에 얼굴이 실리기도 하셨다.

할아버지는 자신이 인명록에 실렸다며 손자에게 자랑하셨다. 할아버지는 손자를 볼 때마다 자신이 지은 작품들을 보여 주시며 작품이 수록된 책자를 선물로 주셨다.

안타깝게도 할아버지는 느지막이 가진 새로운 취미를 이어 나갈 수 없었다. 야속한 세월은 할아버지가 본격적인 문학인의 길에 들어서는 걸 허락해 주지 않았다. 몸이 마음처럼 따라주지 않는 상황에서 할아버지는 자신의 창작 활동을 내가 이어 가길 바라셨다.

할아버지의 뜻을 잇고 싶으나 한시에 입문하는 건 상당히 고민되는 일이었다. 한시에 입문할 만큼 한자 지식이 충분하지 않거니와 활동 영역도 한정적인 한시 분야에서 창작 활동을 이어 나갈 자신이 없었다.

대신 차선책으로 수필 창작에 재미를 붙여 글을 써 나가고 있다. 아직은 시작한 지 얼마 되지 않아 대표작이랄 것도 없는 아마추어 글쟁이이다. 얼마 전 지역문인협회 행사에 참석했을 때 주로 젊은이들보다는 경험이 풍부한 선배님들이 활동하는 것을 보았다. 아직 서른 중반인 나는 할아버지 덕분에 다른 분들보다 수필의 세계에 비교적 빨리 입문하게 된 것이다. 할아버지께 감사드려야 할 대목이다.

오랜만에 할아버지께 전화를 드렸다. 할아버지는 반갑다는 듯이 전화를 받으셨지만 이내 수화기는 할머니께 넘어간다. 얼마 전부터 청력이 약해져서 통화를 하지 못할 상황까지 이른 것이다.

나날이 쇠약해져 가는 할아버지의 상태가 걱정되기만 한다. 노환에는 약도 없다는 말이 더욱 슬프게 느껴진다. 이제 할아버지께선 즐겨 하시던 한시 창작에서도 손을 떼셨다. 악화되는 건강으로 인해 더 이상 꿈을 이어 나갈 수 없게 된 것이다.

이제는 내가 그 꿈을 이어 나가야 할 차례가 온 것 같다. 책장에 꽂혀 있는 할아버지의 책을 펼쳐 본다. 그 책에서 할아버지의 온기와 열정을 느껴 본다. 할아버지가 바라보고 계셨던 문학적 성취의 끝은 알 수 없으나 내 힘이 닿는 곳까지 노력해 보려 한다.

# 흔적

《전라일보》 아침단상 게재 글(2019.3.7.)

한 여인이 있다. 가족을 위해 앞만 보고 달려온 여인이 있다. 여인이 생계를 위해 달려오느라 자기 자신을 돌보지 못한 것을 벌한 것일까, 하늘은 암이라는 죄명을 선고하였다. 항소조차 할 수 없는 야속한 병마를 내려 받은 그 여인은 우리 이모이다.

이모는 삶과의 투쟁에서 꿋꿋이 버티고 살아남아 건장한 두 아들을 키워 낸 인생의 베테랑이다. 혼자 먹고살기에도 바쁜 요즘 세상에서 이모는 다른 식구들의 대소사를 챙기며 경제적인 도움까지 주었다. 이모는 '아낌없이 주는 나무'와 같은 존재였다. 그런 이모는 할머니의 자랑이자 동생들의 든든한 버팀목이었다. 일찍 남편을 떠나보낸 외할머니에게는 이모가 남편 같은 보호자였다.

모진 풍파 속에 당당했던 이모가 갑자기 쓰러졌다. 뇌졸중이었다. 다행히 즉시 병원에 이송되어 의식을 찾았지만 그게 끝은 아니었다. 나쁜 일은 항상 겹쳐서 온다는 인생의 법칙이라도 있는 것일까. 이모는 대장암 진단을 받았다.

외할머니는 아직 이모가 암에 걸려 수술을 받은 걸 모른다. 평소 외할머니는 자식과 가족을 위해 억척스럽게 살아온 이모를 많이 안쓰러워했다. 그래서일까. 어느 누구도 선뜻 이모의 소식을 외할머니에게 전하지 못했다. 모든 가족은 이모의 투병 사실이 비밀이 되었으면 하는 바람을 가졌다. 영원한 비밀이란 없다고 했지만 할머니에게는 이모의 투병 소식은 영원한 비밀이 되었으면 좋겠다. 가족들은 할머니가 사실을 알게 되는 날이 두렵다.

만약 이모의 소식을 알게 된다면 충격을 고령의 외할머니가 감당하실 수가 없을 것이다. 모든 것이 나중에 밝혀져 많은 원망을 듣더라도, 지금 이 순간은 비밀을 만들 수밖에 없다.

이모의 삶은 희생 그 자체였다. 오로지 가족을 위한 삶이었다. 명품 가방 하나 산 적도 없고, 남들이 다 가는 해외여행 한 번 다녀온 적이 없다. 자신을 위해 작은 것조차도 해 본 적이 없는 이모는 지금 생사를 넘나들고 있다.

이모의 희생을 보면서 우리 시대 어머니들의 삶에 대해 생각해 보게 된다. 이모의 삶은 우리네 어머니들의 삶과 같다. 자식을 위해서라면 본인의 모든 것을 희생하시는 어머니. 본인들은 힘들지라도 자식에게 도움이 될 수만 있다면 마지막 남는 것까지도 내어 주시는 어머니. 우리 시대의 어머니는 자식을 위해서라면 기꺼이 순교자가 되기를 자처했다.

가끔 우리 어머니들의 숭고한 삶을 보면서 자신을 위해 살아 보면 어떨까. 자아실현을 위해 인생을 할애한다면 조금은 더 행복하지 않을까 하는 생각을 한다. 하지만 쉽지는 않을 것이다. 나 역시 한 아이의 아버지로서 자녀의 행복을 위해서라면 우리 어머니들과 같이 희생을 기꺼이 자처할 것이기 때문이다.

어머니들의 인생을 보며 한편으로는 슬퍼지기도 한다. 인생이라는 연극은 죽음이란 막이 내리면 끝이다. 누군가가 울어 준다고 앵콜 공연을 해 주지 않는다. 연극의 평점이 높다고 해서 그것을 다시 볼 수 없다. 모든 것이 끝나는 것이 죽음인 것이다. 찬란하게 빛나던 인생들도 죽음이란 어두운 장막 뒤에선 그 빛을 잃어버린다. 삶이란 죽음이라는 마침표가 있어 아름답다고 하지만 마침표를 찍고 난 뒤 남는 것은 무엇인가 생각을 해 보게 된다.

지나간 자리는 흔적이 남는다. 봄바람이 지나간 자리에는 새싹이 나고, 사람이 지나간 자리도 그 사람의 기억이 흔적으로 남는다. 이모가 지나간 자리를 더듬어 보았다. 많은 흔적이 있다. 나의 가슴에 우리 가족의 가슴에 따스한 흔적이 많이 남아 있다. 오래오래 기억될 것이다.

나도 언젠가는 인생의 촛불이 꺼져 가는 순간을 맞이할 것이다. 그때가 노란 개나리가 피는 따스한 봄이었으면 좋겠다. 죽음은 차가운 어둠으로 찾아오지만 사람이 지나간 아름다운 흔적은 따뜻할 것이다. 나도 이모처럼 우리 시대의 어머니처럼 아이에게 가족에게 아름다운 흔적을 남기고 싶다. 봄날처럼 따스한 흔적을 남기고 싶다.

# 아름다운 도전

《전라일보》 '아침단상' 게재 글(2019.3.28.)

직장 선배가 지구 한 바퀴 걷기에 도전한다고 한다. 평소 걷는 것을 즐기는 선배는 꽤나 거창한 목표를 잡았다. 지구 한 바퀴라니 나에게는 상상이 안 되는 거리지만 선배는 할 수 있겠다는 생각을 했다. 지구 한 바퀴는 대략 4만 킬로미터 정도이다. 나는 평소 5분 거리의 출근길에도 차를 이용하는데 4만 킬로미터라니. 내가 평생 걷는 거리를 합해도 4만 킬로미터가 되지 않을 것이다. 나로서는 꿈의 숫자지만 선배의 도전에 응원을 보낸다.

내가 응원하는 다른 이유가 있다. 선배의 따뜻한 마음이다. 강한 다리만큼 강인한 심장과 따뜻한 마음을 가졌다. 사내에서 헌혈왕으로 알려져 있을 만큼 다른 사람에게 혈액을 많이 나누어 준다. 지난해에는 헌혈을 한 횟수가 200회가 넘어 한국적십자에서 '명예대장'이라는 훈장까지 받았다. 평소 자상한 성품도 좋지만 따뜻한 마음에 더욱 정이 간다.

헌혈 200회의 혈액의 양은 80리터라고 한다. 일반 성인 인체를 구성하는 혈액이 4~6리터라고 하니, 선배의 헌혈량은 어마아마하다. 선배의 헌혈로 많은 사람들이 건강을 회복하거나 생명을 건졌을 것이다.

헌혈은 건강한 사람만 할 수 있다. 헌혈을 하기 위해서는 건강관리가 기본이라고 한다. 선배는 평소 걷기 운동으로 몸을 관리해 왔다. 이번 지구 한 바퀴 걷기 도전은 현재 자신이 얼마나 건강한지 알아보는 일종의 테스트일 것이다.

지구 한 바퀴 걷기가 하루아침에 이루어지는 것이 아니다. 다른 직장 동료들은 하루의 일과가 끝나면 술을 함께할 사람들을 찾지만 선배는 다르다. 퇴근 후에도 운동에 전념한다. 중간에 포기할 법도 한데 선배는 하루도 쉬지 않고 열심히 한다. 마치 알람이라도 맞춰 놓은 것처럼 매일 걷는다.

퇴근 후 한잔의 술은 운동보다 즐겁다. 화려한 불빛 아래서 오늘 하루의 회포를 푼다. 자신과 마주앉은 다른 동료와 이야기를 나누고 술로서 스트레스를 푼다. 하루 종일 긴장했던 몸을 한잔의 술로 풀고 흥까지 돋운다. 1차가 끝나면 장소를 옮겨 오늘의 클라이맥스를 맞이할 2차를 하기도 한다. 소주 한잔으로 하루를 마무리하고 있을 때, 선배는 회사 헬스장에서 하루를 마무리한다.

온몸을 짓누르는 피로도, 회식 자리의 독한 술도 선배의 걷기 운동을 막을 수 없다. 스님의 좌선이 떠오른다. 선배에게 걷기는 힘들어도 꼭 해야 하는 스님의 좌선과 같이 하루를 마무리하는 경건한 행위인 것이다.

나도 걷기 운동을 즐겨 하던 때가 있었다. 덕분에 체중도 상당히 줄였고 건강도 좋아졌다. 하지만 아이가 태어나면서 몸이 피곤하단 이유를 핑계로 운동을 차일피일 미루고 있다. 줄였던 몸무게는 운동 전으로 돌아왔다. 공들여서 노력한 시간이 무색할 정도로 빠르게 복원됐다.

선배의 도전에 자극받아 오랜만에 러닝머신 위에 서 봤다. 잠깐 걸었는데도 이마에 땀이 송글송글 맺히며 숨이 가빠진다. 심장이 고동치며 혈액이 온몸으로 퍼져나가는 게 느껴진다. 몸이 뜨겁게 달아오르며 살아 있음이 느껴짐도 잠시, 힘이 잔뜩 들어간 종아리는 기름칠하지 않은 자전거 바퀴처럼 삐걱댄다. 운동 부족을 여실히 보여 주며 그만하라고 몸이 외친다.

운동다운 운동도 하지 못하고 뱁새가 황새 따라가다 가랑이 찢어져 버린 꼴이 되었다. 선배를 따라 하다가 저질체력만 확인했다. 지구 한 바퀴 걷기도 준비되어 있는 사람에게나 가능할 것이다. 나에게 도전하라고 하면 며칠을 견디지 못하고 포기했을 것이다.

목표는 두 달 전에 세웠는데, 지금 1만 5천 킬로미터를 걸었다고 한다. 도보 여행을 떠났다면 우리나라에서 출발하여 남아메리카 칠레까지 도착했다. 칠레의 어느 바닷가에서 이국의 햇살을 마주하며 걷고 있는 셈이다. 비록 몸은 그곳에 있지 않지만 마음만은 세계의 아름다운 풍경을 벗 삼아 걷고 있는 것이다.

선배의 아름다운 도전에 응원을 보낸다. 어떤 유혹이 다가오더라도 자신의 목표를 위해 우직하게 나아갔으면 좋겠다. 내가 하지 못하는 좋은 일을 지켜보는 기쁨이라도 가져 보고 싶다. 아름다운 도전이 성공하는 날, 고생한 선배에게 술 한잔 사 드리고 싶다.

# 천천히 걸어 보는 삶

완주문인협회 문집 2019년 《비비문림》 제출 원고

요즘 하루하루가 바쁘게 흘러가는 것 같다. 밖에서는 회사 업무에 집에서는 육아에 하루가 정신없다. 틈틈이 글을 쓰는 연습도 해야 하는데 속절없이 흘러가는 시간은 한 글자 적을 기회를 허락하지 않는다. 집으로 퇴근해서 아이를 재우고 나면 모든 것이 어둠 속에 묻혀 조용해진다. 적막은 글쓰기에 더할 나위 없이 좋지만 동시에 피곤했던 몸이 쉽게 나른해지게 만든다. 그러다 보니 글쓰기를 마음먹고 책상에 앉으면 졸기 일쑤다.

잠을 깨 보고자 양손으로 머리를 쓸어 본다. 머리가 덥수룩하게 잡힌다. 잡생각으로 가득 채워진 머릿속처럼 머리도 덥수룩하게 자랐다. 기분 전환 겸 이발을 하러 간다. 행선지는 집 앞에 있는 미용실이다.

미용실 원장님은 멋쟁이다. 무스를 발라 멋들어지게 만든 가르마 아래 푸른 색안경이 형광등 불빛에 반짝이며 존재감을 자랑한다. 패션 잡지에 나오는 모델같이 멋쟁이인 원장님은 외모만큼이나 실력도 출중하다.

미용실 앞을 지나가다 보면 항상 손님이 있었는데 오늘은 어쩐 일인지 손님이 없다. 나로서는 시간을 절약할 수 있어 기쁜 일이다. 이발을 하기 위해 의자에 앉으니 덥수룩하게 자란 양쪽 머리가 눈에 띈다. 한때 관리를 잘하지 못해 탈모가 심해진 윗머리와 대칭되는 덥수룩한 옆머리는 조금만 자라도 보기 지저분해 보인다.

이발하는 시간은 길지 않지만 대화 없이 그 시간을 견디는 건 원장님도 나도 힘든 일이다. 사각사각 가위질 소리만 흐르는 적막을 깨고자 이런저런 이야기를 나눠 본다. 처음엔 오늘의 근황에 대해 이야기를 나누다 그동안 살아 왔던 과거의 이야기들을 하나둘씩 꺼내 본다.

김제가 고향인 원장님은 스무 살 때 서울에 무작정 상경해서 미용 기술을 배웠다고 한다. 열심히 살다 보니 세월은 흘러 두 딸들은 대학을 갔고 부부가 운영하던 미용실은 규모가 커져 직원만 10여 명이 되었다. 처음 상경할 때 빈손이었음을 강조하는 원장님의 담담한 목소리에서 그동안 많은 일들이 있었음을 알 수 있었다.

서울에서 남부러울 것 없이 살던 원장님이 왜 고향에 내려올 생각을 하셨을지 궁금해졌다. 하지만 실례가 될까 봐 차마 여쭤보지 못하고 말을 꺼낼 적절한 타이밍만 노리고 있었다. 다행히 내가 우물쭈물하는 걸 눈치 채셨는지 원장님은 과거 회상을 하시며 이야기를 이어 나가셨다.

원장님은 예전에 크게 교통사고를 당했다고 한다. 갑작스러운 사고로 병실 신세를 져야만 했다. 병실의 작은 침대 위에 몸이 구속된 환경에서 원장님에게 유일하게 허락

된 건 사색이었다. 원장님은 과거를 되돌아보았다고 한다. 밟아온 길들을 돌아보며 그동안 자신을 위한 삶은 없었다는 걸 알게 되었고 앞으로는 나 자신을 위해 삶을 할애해야겠다고 생각했다고 한다.

그동안 자기 자신을 위해 살아 본 적이 없다는 사실은 원장님께 새로운 인생의 길을 제시했다. 원장님은 퇴원 후 고향에 내려와 작은 미용실을 오픈하였다. 그것이 지금의 미용실이다. 서울의 커다란 매장도 좋지만 한눈에 다 들어오는 조그마한 미용실은 그 나름대로의 매력을 지니고 있었다.

가장 큰 매력을 꼽자면 서울에서 처음 미용실을 오픈했을 때의 감정을 느낄 수 있다는 점이었다. 처음 서울에서 내 가게를 가졌을 때의 기쁨과 한편으로 앞으로 잘 해낼 수 있을지에 대한 걱정, 그 두 가지의 감정이 과거로부터 떠올라 아련함을 자아낸다고 한다.

30여 년의 세월과 함께 손끝의 감각은 더욱 날카로워지고 가게를 운영하는 노하우 또한 깊어졌다. 지금의 원장님에게 앞날에 대한 두려움은 쉽게 느끼지 못하는 감정일 것이다. 과거를 회상하며 새록새록 떠오르는 초심자 시절의 감정은 새로운 느낌으로 다가왔을 것이다.

살고 있던 터전을 떠나 자신을 위한 인생을 살고 있는 원장님을 보고 있으면 모 방송사에서 나오던 자연인들을 소개하는 프로그램이 떠오른다. 방송에 나오는 자연인들은 한때 사회에서 잘나갔으나 사업의 실패나 건강상의 문제로 인생에서 큰 시련을 겪었다. 역경을 헤쳐 나가는 과정에서 인생의 무상함을 느낀 그들은 세상을 등지고 산속에 들어가 자연을 벗 삼으며 지내고 있었다.

원장님의 삶은 자연인의 삶과 동일하진 않다. 자연인들은 산속에 들어가 세상과 스스로를 단절시키고 지낸다. 반면 원장님은 고향에서 자신의 분야에서 일을 하며 세상과의 연을 맺고 계신다. 자연인들의 선택이 극단적이라면 원장님은 완곡한 선택을 하신 것이다.

극단적인 선택은 주변인을 힘들게 할 수도 있다. 떠나는 사람이 남긴 짐을 그들이 져야 하기 때문이다. 원장님은 이곳에서 가정 경제에도 이바지하며 자신만의 시간을 갖고 계신다. 나는 자연인들의 삶보다는 원장님의 삶이 더 좋아 보인다.

각박한 삶은 현대인들이 극단적인 선택을 하도록 부추긴다. 취업에서부터 무한의 경쟁을 거쳐야 하다 보니 대학생이나 사회초년생들의 얼굴에도 여유가 없어 보인다. 회사에 있다 보면 가끔씩 취업 수업 과제를 하러 학생들이 온다. 취업 관련 이야기를 듣는 학생들을 보고 있으면 눈은 반짝이지만 한편으론 지친 기색이 역력해 보인다.

예전에 회사 업무로 개그맨 윤택 씨와 잠시 같이 일을 한 적이 있다. 윤택 씨에게 들은 이야기 중 자연인 프로그램을 보고 자연인의 삶을 시작한 분들을 종종 보았다는 것이 인상 깊었다. 삶에 지쳐 세상을 등지는 분들이 늘어가고 있는 것이다.

삶 속에서 여유를 찾는 이들이 늘어 가고 있다. 예전에는 돈과 명예를 좇는 것을 인생의 최고 가치로 여겼지만 시대는 달라졌다. 일전에 서울대 졸업생이 9급 공무원 시험을 쳤다는 것이 이슈가 된 적이 있었다. 6시 정시에 퇴근을 하고 자기만을 시간을 갖는 당연한 일들이 불가능한 사회이기에 이런 일이 이슈가 되는 게 아닐까 하는 생각이 들었다.

먹고살기 위해 바쁘게 일했지만 이제는 살기 위해 바쁜 세상을 등지는 시대가 되었다. 무작정 바쁘게 달려가는 것이 옳지만은 않다는 걸 사람들이 깨달은 것이다. 나 또한 발걸음을 늦추고 주변과 나를 돌아보는 시간을 가져보고자 한다. 천천히 걸어가는 이런 삶도 좋지 않을까 하는 생각을 해 본다.

# 그들은 밤을 밝히는 달맞이꽃이다

제16회 전주시 자원봉사 수기 공모전 나눔상 수상작

달빛조차 들지 않는 골목길의 어둠 속으로 한 줄기 빛이 가로지른다. 밤의 장막에 가려져 있는 구석까지 밝히는 빛줄기 뒤로 인기척이 느껴진다. 한 무리의 사람들이 말끔하게 제복을 차려입고 한 손에는 경광봉을 거머쥔 채 구석구석을 살핀다. 중심지에서 조금만 멀어져도 인기척이 느껴지지 않던 스산한 밤거리에 그들의 노력으로 사람들의 발걸음 소리가 들리기 시작했다.

아무도 눈길을 주지 않아도 소리 없이 피어나 밤을 밝히는 달맞이꽃이다. 모두가 달콤한 휴식을 취하는 순간에도 지역의 치안을 위해 밤을 지키는 그들은 전주시 덕진구에서 활동하고 있는 혁신자율방범대 대원들이다.

혁신자율방범대와의 인연은 직장의 이전으로 전북혁신도시에 이주하면서 시작되었다. 강원도 동해시 출신으로 전북에 대한 경험이 없던 내게 이곳으로의 이주는 가슴 설레는 새로운 도전이었다.

이삿짐을 싣고 내려오는 차창 너머로 낯선 풍경들이 펼쳐졌다. 사방으로 지평선이 보이는 비옥한 평야는 예전에 호주와 뉴질랜드에서 보았던 경치를 떠올리게 만들었다. 강원도에서는 쉽사리 볼 수 없었던 고즈넉한 풍경은 새로운 곳의 기대감을 심어 주기에 충분했다.

아름다운 경치가 존재하는 멋진 곳이었으나 아무 연고가 없다 보니 홀로 따분한 나날을 보낼 수밖에 없었다. 전북을 제2의 고향으로 삼고 정착하기 위해 무언가를 해야 했다. 사람들과 부대끼며 이곳의 흙과 공기의 냄새를 온몸에 가득 적시고 싶었다. 하지만 이를 위한 한 발자국을 어느 쪽으로 내딛어야 할지 전혀 감이 오지 않았다.

그러던 어느 날 회사 동료들과 식사를 하러 나오다가 식당 앞에 걸려 있는 자율방범대 모집 현수막을 보게 되었다. 처음 봤을 때는 아무 생각이 없었지만 하루 종일 눈에 밟히는 것을 보니 나와 인연을 맺게 될 거라는 느낌이 왔다.

'방범'이란 단어가 왠지 무겁게 느껴져 쉽사리 연락을 하지 못했다. 하지만 시작하지 않으면 얻는 것 또한 없을 것이다. 용기 내어 혁신자율방범대 현수막에 적힌 번호로 다이얼을 눌렀다.

유달리 길게 느껴지는 연결음은 두려움과 기대를 뒤섞어 오묘한 감정을 자아냈다. 이윽고 한 남성의 목소리가 들렸다. 혁신자율방범대 총무라고 밝힌 대원분께서 걱정과는 다르게 친절하게 응대해 주신 덕분에 첫 순찰 참석까지 약속을 잡게 되었다.

별빛을 동무 삼아 순찰 집결 장소로 걸어갔다. 그 당시 혁신자율방범대는 설립 초기라 초소가 없었다. 임시초소로 정해진 버스정류장에서 기다리다 보니 자율방범대 대장님과 순찰대원들이 오셨고 그날을 기점으로 방범순찰대원으로서의 생활이 시작되었다.

혁신도시가 생겨난 초기에는 행정구역이 전주시 덕진구, 완산구, 완주군 이서면 3개로 나뉘어져 있었다. 구역이 다르다 보니 경찰서도 3곳으로 운영이 되어 치안을 유지함에 있어 놓치는 부분이 있지 않을까 걱정되었다.

이러한 부분을 보완하기 위해 혁신자율방범대에서는 세밀한 순찰을 하고자 차량 순찰보다는 도보 순찰을 기본 원칙으로 삼았다. 순찰을 위해 밤마다 혁신도시를 돌아다니다 보니 도시의 발전상이 눈에 자연스레 보였다.

꽃씨가 자라나 꽃을 피우고 새로운 씨앗을 뿌리듯 처음 내려왔을 때 황량하기만 했던 혁신도시의 벌판에 하루가 다르게 새로운 건물들이 생겨났다. 또 다른 건물이 그 옆에 들어서고 그 틈새를 사람들이 메우고 있었다. 꽃이 만개하듯 토지를 메워 가며 한껏 위용을 자랑하는 도시를 보고 있으니 뿌듯해지는 것 같았다.

만족하며 임했던 자율방범대 활동이었지만 주변에서 고운 시선만 줬던 건 아니다. 퇴근하고 사택에서 쉬지 왜 귀찮게 그런 일을 하느냐며 핀잔을 주는 동료들도 있었다. 물론 숙소에서 휴식을 즐기면 육신은 편할 수 있을지 모른다. 하지만 아무것도 하지 않으며 멍하니 방에서 시간을 허비하는 행위는 스스로를 좀 먹는 일이다. 그보다는 지역 사회에 봉사하며 내면을 가꾸는 것이 더욱 값진 일이라 생각했다.

방범대 활동은 마냥 쉽지만은 않다. 경찰과 연계하여 순찰을 하지만 어떠한 법적 권한이 위임되어 있는 것은 아니기에 대처에는 신중한 주의를 요한다. 특히 취객들과 신체적인 다툼이 벌어졌을 때 순찰대의 행동은 법의 보호를 받지 못하므로 그런 상황이 생긴다면 슬기롭게 대처해야 한다. 무보수 명예직으로 지역을 사랑하는 마음가짐 하나만으로 열성을 다하는 대원들에게 안타까운 피해가 가지 않았으면 하는 바람이 크다.

자율방범대에서 활동하며 나에게도 변화가 생겼다. 지역에 대해 다른 직원들보다 적극적으로 알아가다 보니 회사 내에서 지역 전문가로 입지를 굳히게 되었다. 또한 방범대를 통해 알게 된 지인의 소개로 지금의 아내를 만나 결혼까지 하게 되었다.

이제는 전주에 혁신동이 생기며 혁신도시가 하나의 행정구역으로 통합되고 혁신파출소가 생겨 치안 환경이 좋아졌다. 하지만 여전히 손길이 미치지 못하는 어두운 사각 지역은 존재할 것이다. 하지만 혁신자율방범대가 있어 우리 가족의 터전인 전북혁신도시가 안전하게 지켜질 것이라 믿어 의심치 않는다.

# 열다섯 살 많은 푸른 눈의 룸메이트

《월간 샘터》 2019년 10월 호 특집 게재 글 원본

그를 만난 것은 9년 전 여름이었다. 첫 직장에서의 열정이 꺼져 가는 불빛처럼 사그라져 가고 있던 시기였다. 흐릿해진 열정만큼이나 지친 몸과 마음을 달래고자 퇴사 후 떠나게 된 호주에서 그를 만났다. 부리부리한 푸른 눈에 목을 꺾어 올려다봐야 될 정도로 키가 훤칠했던 그는 내가 일했던 리조트의 스태프였던 호주인 존이다.

나이가 15살 많은 형님이었던 존은 한국 문화에 관심이 많았다. 그때는 방탄소년단처럼 세계에 이름을 날린 가수도 없었는데 어떤 점이 그를 한국에 매료시켰는지 모르겠다. 어쩌면 내가 오기 전에 같이 일했던 한국인이 그에게 좋은 인상을 남겼을지도 모르겠다.

한국 문화에 관심이 많았던 존은 나와 금세 친해지게 되었다. 우리는 아름다운 주홍빛 석양을 머금은 파도 소리가 인상 깊었던 리조트에서 하늘의 별을 보며 맥주 한 잔에 하루의 피로를 풀었다. 그렇게 두 사내의 우정은 깊어져 가고 있었다.

6개월간 몸담았던 리조트를 떠나 존을 다시 만나게 된 건 3개월 후의 일이었다. 시드니에서 영어 강사 자격증 과정을 마치고 남은 기간 동안 어디에서 지낼지 고민하던 차에 SNS를 통해 그에게 연락이 왔다.

호주는 인종차별이 존재하는 국가다. 해외에 나오기 전에는 그 단어가 그토록 가슴을 후벼 파는 말일 줄 몰랐다. 시드니 길거리에서 술 취한 한 무리의 행인들에게서 받은 아시아인을 향한 경멸의 눈빛과 독설 섞인 말들은 아직도 내 가슴 한구석에 깊숙이 박혀 있다.

목적지를 잃어버린 집시처럼 홀로 정처 없이 거리를 걷던 나에게 그는 손을 내밀어 주었다. 자신의 집에서 머물 것을 선뜻 제안했다. 아무리 예전에 직장에서 친하게 지냈던 사이라 하더라도 자신의 집에서 머무르라고 하는 것은 어려운 일이다. 내가 만약 그 상황이었더라면 그런 말을 쉽게 해 주진 못했을 것이다.

그렇게 그의 집에서 3개월을 보내게 되었다. 같이 만들고 숙성되기까지 한 달을 기다린 맥주가 맛이 없어 좌절했던 일, 존이 한국 음식을 자신 있게 만들어 본다며 맵기만 하고 간이 전혀 안 된 양배추 김치를 만들어 놓은 일. 일상적이지만 소중한 추억들을 차곡차곡 모으다 보니 어느새 시간은 고국으로 가야 될 때를 향해 가고 있었다.

존의 집에서 거주할 당시 나는 오전에는 일을 하고 오후에는 시내에 위치한 어학원에서 수강을 하고 있었다. 그곳에서 12살 터울의 여성과 수업을 같이 듣게 되었다. 불행했던 한국에서의 결혼생활을 끝내고 아이들과 같이 호주에서 새 삶을 시작한 여성이었다. 그녀는 자신의 과거에 대해 묻지 않고 스스럼없이 대해 주는 나와 친해지게 되었다.

과거를 회상할 때마다 눈가가 젖어 갔다. 흐려지는 망막 너머 가시가 박힌 아픈 과거가 비쳐진 눈동자를 보며 그녀의 인생이 험난했음을 알 수 있었다. 자식을 데리고 아무 연고지도 없는 이 머나먼 낯선 땅에 발을 디디는 데도 큰 결심이 필요했을 것이다. 어머니란 존재는 역시 대단하다는 생각이 들었다.

두 친구를 이어 주자는 결심이 섰다. 그 둘은 서로의 부족함을 어루만져 줄 수 있을 것 같았다. 세월이 할퀴고 간 그녀의 상처를 그가 달래 줄 것이고 그의 마음속 공허함을 그녀가 채워 줄 수 있을 것이다. 둘의 첫 만남은 불꽃처럼 강렬하진 않았다. 하지만 피부에 느껴지는 미묘한 공기의 떨림은 그들을 잇고 있었다.

고국에 돌아오고 얼마 안 되어 그들의 웨딩 사진이 SNS에 올라왔다. 무척이나 행복해 보이는 그들의 뒤로 포근한 햇살이 비치는 것 같았다. 앞으로도 그들은 행복의 햇살 아래 가정의 꽃을 피워 나갈 것이다.

문득 그가 만들었던 맵기만 했던 양배추 김치가 생각난다. 결혼생활의 아름다운 양념이 더해진 그의 김치는 지금 어떤 맛을 내고 있을까?

# 내일도 이어지는 소소한 일상

살아가는 데 있어 행복은 그리 먼 곳에 있지 않다고 생각한다. 사람들과 살을 맞대는 일상의 삶 속에서도 나만의 파랑새를 충분히 찾을 수 있다.

반복적이지만 한가하지만은 않았던 일상 속에서 조금씩 시간을 내어 글을 적어 갔다. 그러던 사이 누워서 배냇짓하던 딸아이가 걸어 다니고 2년여 동안 조금씩 적어 온 원고가 모여 한 권의 책이 되었다.

무언가를 이룩하기 위해 온 시간을 쏟아 부은 적도 있다. 하지만 지나고 보면 그 결과라는 것이 대단한 것은 아니었다. 시간은 좀 더 걸렸겠지만 소소한 일상을 보내면서도 충분히 해낼 수 있었던 것들이었다.

오히려 오늘과 같은 내일의 평범한 하루를 유지하는 것이 더 힘든 일인 것 같다. 내일도 이어질 소소한 일상을 위해선 주변 사람들의 도움이 있어야 하기 때문이다.

오늘 사랑하는 사람들에게 고맙다는 인사를 건네 보자.

소소한 일상을 함께 보낼 수 있는 그런 사람들이 있다는 것만으로도 우리는 이미 행복한 사람이다.

사랑합니다. 고맙습니다.